KB006171

warm gray and **blue**

고은지

곽다영

김현경

땡요일

박상희

박수진

보미

석영

송재은

슭

여림

오종길

우엉

윤신

이건해

이도형

이성혁

이시랑

포노포노

희 (熙)

이별과 함께 했던 책과 음악 그리고 영화

은자 낭은 마음에게

이야기를 시작하며,

이별은 최선을 다해도 피할 수 없는 것. 관계의 끝도, 죽음도, 처음부터 약속된 기한 종료도 흘러가는 시간처럼 예정된 것. 하지만 부서져 흩어진 조각들도 반짝이며 저마다의 빛을 낸다는 사실을 알고 있나요. 그 빛을 하나씩 주워 각각의 유리병에 담아 바라봅니다. 삶의 모든 부서짐과 곤란은 예정된 수순 같습니다. 당연히 아플 것이라는 사실은 오히려 위안이기도 합니다. 그 순간을 함께 한 영화와 음악, 책 이야기를 나누고 싶어요. 그 위안이 나를 돌아 당신을 안아줄 수 있기를 바라면서.

웜그레이앤블루
재은 드림

1

혼자 남은 마음에게

—

혼자 남은 마음에게

📖 함께 한 책
슬픔을 아는 사람, 유진목, 2023

👤 송재은
이 책을 편집했다. 제목을 지었고, 손으로 썼다.
친절하고 싶지만 자주 실패한다.
그래도 바라는 것은 불친절한 세계에 일조하지 않기.

살아 있는 사람이 해야 하는 일의 무심함은 가끔 서럽다. 그것은 대부분 혼자를 견디는 일이다. 혼자를 느끼는 일인가. 이런저런 진지한 고민을 하면서도, 삶의 방향을 좌우하는 선택을 앞에 두고서도 빨래하고 밥 먹고 설거지 하고 씻고 잠에 드는 일로부터 완전한 휴식은 없다. 지나온 시간으로부터 벗어날 방법이 없어 울다가도 무방비하게 오늘의 웃음에 노출되고 희망에 사로잡힌다. 그런 와중에 다시 방바닥의 머리카락을 줍고, 변기를 닦는가 하면, 분리수거를 제때 해야 한다. 미래를 걱정하면서도 그보다 먼저 자질구레한 일상의 먼지를 벗겨내는 일을 멈출 수 없음이 지칠 때가 있다. 하고 싶은 것의 목록을 적기 이전에 해내야 하는 일이 이미 너무 빼곡하다. 우리는 대대로 이어져 내려오는 시시포스의 형벌을 산다. 그 어떤 자손도 벗어날 수 없는 일을. 그리하여 영화 같은 삶이란 빼곡한 것들을 표백한 장면만 담긴 이야기를 꼬집는 말 같다. 지독하게 현실적인 영화를 볼 때면 마주하는 것은 낭떠러지 아래 수심을 알 수 없는 바다가 하얀 포말을 일으키며 문득 드러내 보이는 검은 속내, 현실로 돌아서도 결코 오를 수 없는 깎아지른 절벽이다. 어디로도 도망갈 수 없을 것만 같다.

책 <슬픔을 아는 사람>에서 작가는 살아 있는 사람이 해야 할 일의 목록에 '울음을 참기. 마침내 울음을 터뜨리기.'를 올렸다. 나는 파도처럼 밀려드는 삶 앞에서 '마침내' 울고 싶어지지만, 마침내는 대체 언제인가. 얼마나 참아야 마침내가 오나. 삶의 목록은 가벼워지지 않는다. 한번 시작된 것은 영영 끝나지 않고 마음의 잔여가 된다.

10년 넘게 치매를 앓은 할아버지가 잃은 기억의 공백을 메우는 건 우리 가족 모두의 몫이었다. 실종된 할아버지를 하루 종일 찾아다녔던 아빠와 삼촌은 결국 지친 할아버지를 20년 전에 살

혼자 남은 마음에게

던 동네 골목에서 발견했다. 할아버지는 그동안 일어났던 기쁨과 슬픔의 전말을 무책임하게 우리에게만 남겨둔 채로 홀로 멀리 걸어 20년 전으로 가버렸다. 매일 눈을 뜨면 몰려드는 과거의 목록과 울음으로부터도, 다만 현실로부터도 할아버지는 멀어지고 있었다. 오늘을 살아가는 누구도 그곳으로 가서 그때 그 사람이 되어줄 수는 없어서 마침내 할아버지는 혼자 남았다. 나는 할아버지가 너무 오래 살아서 기억을 잃을 수밖에 없었다고도 생각한다. 어쩌다가 그렇게 오래 살지만 않았더라도 기억을 잃지 않았을 텐데. 치매에 걸린 노인들의 기대수명에 비해 할아버지는 정말 오래 살았다. 십 년이 넘도록 구멍 난 세계에서 갑자기 너무 늙어버린 아내(할머니)를 붙잡고 혼자를 견뎠다. 할아버지는 갑자기 미래에, 갑자기 과거에, 갑자기 현재에 내팽개쳐지는 혼란 가운데 아침에 눈을 뜨면 거실로 나와 소파에 가만히 앉은 채로 하루를 버텼다.

할아버지는 계속 무언가를 중얼거렸는데, 처

음에는 주변 사람들에게 소리치는 말이었으나, 목소리와 말은 세월에 마모되어 할아버지는 결국 아주 작은 소리로 알아들을 수 없는 말을 중얼거리게 됐다. 나는 할아버지가 무슨 말을 했을지, 무슨 말을 자꾸 했어야만 했는지 가끔 생각하곤 한다. 기억이 할아버지의 입에서 새어 나온 건 아니었을까. 남은 것을 하나씩 호명해 보곤 잊어버리는 것. 안으로 차곡차곡 담아갔던 것들을 천천히 불러보며 자신의 삶을 읽어 내려간 것은 아니었을까. 나는 기억을 잃는 일에 대하여 그렇게 말해보고 싶다. 어째서 할아버지의 기억이 속수무책으로 사라졌느냐 하면, 그것이 노화가 아니라 과정이었노라고, 삶을 비워간 것뿐이라고 생각하고 싶다. 마침내 혼자 남은 사람이, 혼자 남을 수 있었던 사람이 해야 할 일이었다고. 빈자리를 상상한다.

지금의 나보다 열 살 가까이 어린 사촌 오빠는 스물다섯의 나이로 생을 마쳤다. 오빠가 살고 싶어 해서, 나는 그를 세상에 남겨두고 싶었다. 어딘가에 그를 새겨두고 앞으로도 이어질 세상을 계속 말해주고, 뭔가를 분명 보여주고 싶었다. 다짐은 얼마나 무색한지 나는 그가 살고 싶어 한 내일을 허투루 산다는 생각이 들 때면 죄책감에 시달렸다. 내 하루가 그에게는 미안한 것이 됐다. 오빠는 과거가 아니라 미래를 정리해야 했다. 수없이 그려본 내일을 지우개로 지워야 했다. 남은 시간 동안 지나온 날들을 돌아볼 것이 아니라, 오늘 주어진 매 순간, 그 모든 것의 냄새를 폐부 깊숙한 곳까지 들이마셔야 살아있다는 실감을 할 수 있어서 조급하게 숨을 쉴 수밖에 없었을 것이다. 그로부터 일 년 뒤 피렌체에서 만난 한국인 프랑스 유학생은 오빠를 떠오르게 했다. 똑같이 프랑스에서 유학하며 유럽 여행을 하는 그를 나는 일부러 오빠에게 빗대어 봤다. 사실은 하나도 닮지 않았을지라도 작은 공통점들을 찾아내 내가 잃은 존재의 흔적과 다시 한번 시간을 보내고 싶었다. 그가 무사히 한국으로 돌아가 오래오래 건강하게 잘 지내면 좋겠다고 생각했다. 우리는 어쩌면 늘 누군가의 몫까지 살아가고 있는지도 모른다.

죽음 앞에서 살아 있는 사람이 해야 하는 일의 무심함은 여전히 서럽다. 그것은 대부분 혼자를 견디는 일이다. 혼자를 느끼는 일인가. 내가 사랑했던 두 사람은 죽음의 무심함 앞에서 매 끼니 먹기 위해 애썼다. 잠에 들기 위해 애썼고, 지나온 것과 다가올 것들 사이에 갇혀 고통을 잊고 하루를 버티기 위해 애썼다. 얼마 남지 않은 시간에도 그들은 삶으로부터 자유롭지 못했다.

마지막 이후에 나는 그들로부터 분리되어 혼자 남았다. 혼자 남은 마음은 형사가 된다. 홀로 남아 그들의 존재를 증명하기 위한 흔적을 찾고, 증거를 수집하고, 기록을 남긴다. 그 모든 것은 사랑을 말하기 위함이다. 떠나고 남겨진 자리에서 나는 다시 한번 사랑을 발견한다. 우리가 맞닿아 있을 때는 미처 볼 수 없는 크기와 모양을, 짐이 다 빠져나간 공간의 모습을 처음으로 보듯 알게 된다. 그곳에 남아 나는 여전히 해야 할 일을 한다. '울음을 참기. 마침내 울음 터뜨리기.'가 목록에 올라간 것은 그리움이 된 사랑 탓이다. 앞으로 지워지지 않을, 살아 있는 사람이 해야 하는 일의 목록이 또다시 조금 늘었다. 삶에서 한번 시작한 것은 영영 그치지 않는다. 사랑할 것과 그리워할 것으로.

___

죽은 그가 부르는 노래

🎧 함께 한 음악
Track 8, 이소라, 2008

👤 **곽다영**
오롯이 나로 살기를 소망하며, 나에게 도움이 되고자 글을
씁니다. 이따금 브런치 스토리에 '오롯이'라는 필명으로
글을 발행하고 있습니다.

죽은 그가 부르는 노래
술에 취해 말하는 노래

이 노랫말을 들으면 나는 아주 쉽게 십 년도 휠씬 전 바라나시의 가트로 이동한다. 2009년 4월에서 6월. 그해에는 가장 좋아하는 계절을 바라나시에서 보냈다.

겨울에 아빠의 장례를 치르고 난 후로 나는 제대로 살아있지 않았다. 제때 출근하고 일을 하고 때가 되면 밥을 챙겨 먹었지만 나는 어쩐지 서 있지도, 앉아있지도 누워있지도 않은 상태 같았다. 내 몸에 붙어 있는 팔다리를, 어딘가로 이동하는 내 육체를 타인의 것처럼 느꼈다. 사는 게 뭐지, 어떻게 사는 거였지, 어떻게 살아야 하지, 왜 살아야 하지. 허공을 떠도는 물음 중 뭐라도 잡고 끈질기게 답을 구해야 할 것 같았는데 답을 찾고 싶은 마음이 들기도 전에 물음마저 하루하루 희미해져 갔다.

슬픔과 허무에 빠진 내게 오래 만난 연인이 이별을 고해왔다. 멀고 먼 사랑의 도시에서 걸려온 전화였다. "아무래도 우리 헤어져야 할 것 같아." 미안하기도 슬프기도 부끄럽기도 후련하기도 한 목소리였다. 수화기 너머 난처해하는 그의 얼굴이 보이는 것만 같았다. "우리가 어떻게 헤어져. 내가 지금 어떻게 너하고 헤어지기까지 해." 그렇게 질척이는 말은 차마 할 수 없었다.

두 개의 이별을 연타로 맞고 나니 오히려 정신이 들었다. '일단 여기를 떠나자. 이 삶에서 벗어나자.' 불현듯 떠나고 싶은 욕구가 전에 없이 강하게 일었다. 아빠의 죽음과 연인과의 이별, 이 슬픔, 이 공허, 천천히 미칠 것 같은 이 기분. 자꾸만 나를 패는 것 같은 운명의 무자비함과 그에 반해 너무도 나약한 내가 싫었다. 나를 둘러싼 상황과 나라는 존재에 넌더리가 났다. 이렇게는 살 수 없었다. 나는 세상이 이게 다가 아니라는 사실을 확인해야 했다. 뭔가 다른 게 있다고 믿을 수 있어야 했다.

목적지를 바라나시로 정했던 건 아마도 어릴 때 읽었던 책 때문일 것이다. 중고등학생 시절 류시화 시인의 인도 여행기를 읽은 후로 나도 모르게 인도라는 나라에 환상을 갖게 됐다. 특히 갠지스강이 흐르는 바라나시에 가면 어떤 엄청난 깨달음을, 이를테면 근원적인 물음에 대한 답을 찾을 수 있을지도 모른다고 막연하게 기대했다.

인천에서 나리타를 거쳐 델리에 도착해 다시 기차를 타고 바라나시에 가기까지 며칠이 걸렸는지 모르겠다. 나는 그저 바라나시에 가는 중이었으므로 비행기를 타고 버스를 타고 기차를 타고 택시를 타고 릭샤를 탔다. 너무 오래 걸린다거나 너무 친절하다거나 너무 비싸다거나 뭔가 이상하다 해도 어쩔 수 없었다. 나로서는 첫 해외여행이었으므로 이동하는 내내 바짝 긴장한 채로 어버버하면서 겉으로는 그것을 티 내지 않기 위해 더 어버버하는 중이었다. 어느 쪽으로 가야 하는지 무엇이 맞는지 내 몫이 무엇인지 하나도 모르는 채로 나는 무언가를 옮겨 타며 무사히 바라나시에 도착했다.

　바라나시에 도착한 첫날부터 나는 그곳이 좋았다. 이제 와 생각해보면 평소 내가 싫어하는 모든 것이 모여있는 그곳이 어떻게 좋을 수 있었는지 의문이다. 좁고 더럽고 미로처럼 복잡한 벵갈리 토라를 걸을 때면 길을 막고 선 소나 길 한 가운데 누워있는 개, 버려진 과일 껍질을 비롯한 쓰레기와 물웅덩이를 피해 다녀야 했다. 그 좁은 길에 서 있거나 지나가는 사람들을 비집고 오토바이와 관광객을 태운 사이클 릭샤가 오갔고, 길옆으로는 온갖 상점이 빽빽하게 이어졌다. 옷이나 장신구를 파는 가게부터 카메라나 시계, 가전제품을 파는 가게와 생수와 담배와 약을 파는 곳, 기차표를 예약할 수 있는 여행사와 우체국, 달고 끈적한 튀김과 걸쭉한 라씨를 파는 가게, 탈리를 파는 식당과 짜이 집. 그 사이사이 게스트하우스와 카페와 레스토랑들이 빈틈없이 들어차 있었다. 길을 지나다 가게 주인이든 손님이든 혹은 그냥 거기 있는 사람이든 잠깐이라도 눈을 마주치면 친한 척을 하며 말을 걸어왔다. 시끄럽고 더러운데다 모르는 사람이 아무 때나 말을 걸어오는 그 길을 나는 얇은 원피스에 슬리퍼 차림으로 느릿느릿 걸어 다녔다. 그 길에서 밥을 먹고 커피나 짜이를 마시고 옷과 가방을 사고 책을 읽고 일기를 쓰고 엽서를 보내고 기차표를 예약했다.

점심을 먹고 나면 슬슬 걸어 가트로 향했다. 아침저녁으로 들르는 짜이 집이 있던 빤데 가트로 내려가 남쪽에 있는 아씨 가트까지 갔다가 다시 돌아 마니카르니카 가트까지 걸어갔다 오는 게 일과 중 하나였다. 가끔은 오전에 걷기도 했지만 그보다는 가장 더운 한낮에 조용한 가트를 걷는 게 좋았다. 해가 뜨거운 오후에는 사람들이 밖으로 잘 나오지 않기 때문에 귀찮게 말을 걸어오는 사람들을 피할 수 있었다. 얇은 슬리퍼를 신고 그늘 한 점 없는 가트를 천천히 걸으면 두 시간이 훌

쩍 흐르곤 했다. 그 뜨거운 길 위에서 이소라의
<Track 8>을 반복해 들었다.

> 죽은 그가 부르는 노래
> 술에 취해 말하는 노래

아빠가 노래할 때는 대개 술에 취해있을 때였
다. 내가 초등학생이었을 때 우리 가족은 한 달에
한 번 아빠의 월급날 외식을 했다. 엄마의 지인이
운영하는 옆 동네 갈빗집까지 삼십 분 넘게 걸어
가서 돼지갈비와 냉면을 양껏 먹곤 했다. 그때마
다 아빠와 엄마는 항상 소주를 곁들였는데 내 기
억으로 취하는 사람은 늘 아빠였다. 취한 아빠는
평소보다 말도 웃음도 많았다. 아빠가 흥이 많이
오른 날에는 집으로 돌아가는 길에 노래방에 들
렀다. 노래하기를 부끄러워했던 엄마와 달리 아빠
는 노래를 꽤 즐겼던 것 같다. 나훈아의 <영영>이
나 배호의 <갈대의 순정>, 김정호의 <하얀 나비>
를 부르는 아빠의 목소리를 우리는 손뼉을 치며

혼자 남은 마음에게

들었다. 노래방 기계 앞에 제법 진지한 얼굴로 마이크를 들고 선 아빠의 모습이 기억난다. 아빠는 화면 속 노랫말의 색이 변하거나 말거나 아랑곳없이 자신만의 속도로 노래를 불렀다. 어떤 소절의 끝을 길게 늘이고 싶으면 한없이 늘렸고 어떤 가사는 아예 생략해 버리기도 했다. 노래하는 아빠의 목소리는 어쩐지 말할 때보다 멋지게 들렸다.

돌아가시기 반년 전 아빠는 알코올 중독 치료 센터에서 몇 달을 지냈다. 그곳에 아빠를 입원시킨 건 나였다. 매일 같이 술에 취해 스러져 가는 아빠를 보면서 어떻게든 술을 그만 마시게 해야겠다고 생각했다. 치료 센터를 수소문해 입원 절차를 문의하고 날짜와 시간을 정했다. 약속한 날 아침에 사설 구급차가 집 앞으로 왔다. 두 명의 남자가 집 안으로 들어와 아빠를 데리고 나가는 동안 아빠는 아무런 저항도 하지 않았다.

한두 번 아빠를 보러 그곳에 갔었다. 술을 마시지 못하게 된 아빠는 겉으로 보기에 얼굴색이 확연히 좋아져 있었다. 거무죽죽했던 피부색이 말

같고 깨끗해 보였다. 아빠는 이곳에서 언제 나갈 수 있느냐고 물었고 나는 곧 나올 수 있다고 답했다. 아빠는 또 오라고 했다. 또 오라고 말하는 아빠의 목소리에서 아무런 힘도 느껴지지 않았다. 거기에는 분노도 강요도 희망도 묻어 있지 않았다. 아빠를 그곳에 두고 나는 평온한 일상을 살았다. 아빠를 그런 곳에 두었다고 살아야 할 삶이 달라지지는 않았다. 그때는 내가 아주 옳은 선택을 했다고 믿었다. 오랜 세월 아빠를 견디느라 지쳐 있던 엄마와 동생을 대신해 내가 나선 거라고, 누구도 선뜻 나서서 하지 못했던 일을 내가 했다고 생각했다. 아니, 어쩌면 나는 그때도 알고 있었을 것이다. 나는 아빠를 지워버리고 싶었다. 술에 취한 아빠가 망가뜨리는 내 일상을, 내 삶을 지키고 싶어서 아빠를 치워버린 거였다.

꼭 그래야 할 일이었을까
겪어야 할 일이었을까
혼자서 남겨진 방

그 마지막 끝

꼭 그래야 할 일이었을까. 치료를 핑계로 입원시키기 전에 아빠의 말을 들어볼 수는 없었을까. 사고로 허리를 다치고 더 이상 일을 할 수 없게 되고 돈 때문에 형제와 등졌다는 사실 말고 나는 아빠에 대해 무엇을 알고 있었나. 왜 한 번도 물어보지 않았을까. 뭐가 그렇게 힘드냐고. 술을 마시지 않고는 버틸 수 없을 만큼 뭐가 그렇게 당신을 짓누르고 있느냐고. 어째서 나는 당신을 그곳에 두고 올 수밖에 없는 자식이었을까. 왜 당신을 미워하기만 했을까. 우리는 왜 그런 일을 겪어야 했을까.

바라나시의 봄은 무더웠다. 몹시 더운 날은 한낮의 기온이 사십 도를 넘기기도 했다. 아주 느릿하게 걷는다 해도 금세 온몸이 땀으로 흠뻑 젖었다. 걷다가 바닥에 물방울이 떨어져서 올려다보면 내 몸에서 떨어진 땀이었다. 해를 정면으로 받은 정수리는 깜짝 놀랄 만큼 뜨거웠고 이마와 눈

밑, 인중으로, 목덜미와 등허리와 허벅지로 땀이 줄줄 흘렀다. 미끄덩거리는 팔을 손으로 문지르면 손바닥이 축축하게 젖었고 고개를 흔들면 방금 세안한 것처럼 땀이 사방으로 튀었다. 그렇게 온몸이 땀에 젖는 게 좋았다. 젖은 귀에 이어폰을 꽂은 채로 죽은 그를 그리워하는 노래를 들으면서 나는 내 몸이 울고 있다고 느꼈다. 내가 지금 온몸으로 울고 있구나. 사람은 이렇게도 울 수 있구나 알았다.

실컷 걷고 나면 마니카르니카 가트에 앉아 죽은 몸들이 사라지는 장면을 오래 바라봤다. 뜨겁고 매캐한 연기 속에서 누군가의 팔과 다리가, 한때는 살아 움직였을 육체가 불에 타 부러지고 부서지는 것을 보았다. 다시는 만지지 못할 몸들, 다시는 볼 수 없는 얼굴들. 하루에도 수십 명의 사람들이 이 세계에서 사라졌다. 육신을 잃어버린 인간은 이 세계를 떠나 어디로 가게 될까. 왜 사람이 죽으면 돌아갔다고 할까. 그러니까 우리는 어딘가 돌아갈 곳이 있는 걸까. 아빠도 어딘가로 돌

혼자 남은 마음에게

아갔을까.

내가 아빠에게 마지막으로 한 말은 미안하다는 말이었다. 너무 많이 미워해서 미안하다는 말. 지금도 아빠를 생각하면 미안한 마음이 가장 먼저 떠오른다. 그때 내가 조금만 더 알았더라면, 조금만 더 컸더라면 결코 그런 식으로 아빠를 모른 척하지는 않았을 텐데. 억지로라도 그의 옆에 앉아 그 안에 들어찬 절망의 노래를 들었을 텐데.

이제는 죽은 그가 부르는 노래가, 술에 취해 말하는 노래가 듣고 싶어지면 <Track 8>을 반복해서 듣는다. 아빠의 죽음 뒤에 남은 아빠를 기억하면서.

죽음보다
네가 남긴 전부를
기억할게

서서히 이별하는 일

함께 한 영화
카페 뤼미에르, 허우 샤오시엔 감독, 2005

 박상희
최근 독서지도사 자격증을 따고 온라인 독서모임 책시렁
(@dislikebooks)을 운영하고 있다. 사람, 책, 글짓기, 베
이킹, 플랫 화이트, 초록, 밤 외출, 숙취해소 음료를 좋아
한다. 현재 프랑스인 남편, 귀여운 두 아이와함께 싱가포
르에 거주 중.

———

　자녀를 키우는 일은 서서히 이별하는 일이라 했다. 아이가 엄마의 몸 밖으로 나오는 순간이 바로 그 이별의 시작일 테지만 사람들은 그것을 대개 만남이라 부른다. 보고 싶었다고, 반갑다고, 눈도 제대로 뜨지 못하는 아기에게 인사한다. 나 또한 레아가 핑크빛 몸으로 내 가슴 위로 올려졌을 때, 그런 식으로 인사를 했다. 초점 없는 눈을 보며, '안녕 아가야. 만나서 반가워.'라고.

　아이가 아직 아기일 때에는 사소하고도 중요한 수많은 시작, 이를테면 손으로 쥐고, 누르는 동작이나 제 힘으로 일어서고, 걷고, 말하는 일들이 마냥 대견하다. 그것이 서서히 이별하는 일이라는 것도 모른 채, 온 힘을 다해 자라는 아이가 기특하기만 하다. 시간이 조금 더 흘러, 제 손으로 흘리지 않고 밥을 먹는다거나 야무지게 양말을 꿰는 아이를 바라보다 문득 깨닫는다. 아이가 내게서 분리되고 있다는 것을.

아이가 십 대에 접어들면 그 분리의 감각은 더욱 또렷해질 것이다. 서로의 일로 바빠 얼굴 보기도 힘든 날들이 이어질 테고, 겨우 기회를 잡아 마주 앉는다 하더라도 지금처럼 내게 많은 이야기를 들려주지 않을 것이다. 내게 영영 미지의 영역으로 남을 아이만의 세상은 내가 미처 눈치채지 못하는 사이, 아이의 대부분을 이루겠지. 그때가 되면 나와 남편을 조금씩 닮았지만 그 누구와도 똑같지 않은 존재로서, 완전한 타인으로서의 아이를 인정하지 않을 수 없을 것이다.

그때의 나는 내 딸을 감히 '안다'라고 말할 수 있을까. 그런데 대체 누군가를 안다는 것은 무엇일까? 나는 레아의 생김새와 목소리를 알고 날개뼈 근처에 점이 있다는 은밀한 사실도 안다. 기형을 가지고 태어나 생활에 작은 불편함이 있다는 것과 메추리알 장조림을 좋아한다는 것, 동물 중 고양이를 가장 편애한다는 것, 음악보단 미술에 더 관심이 많다는 것, 제 오빠를 사랑하지만 자주 이용해 먹는다는 것을 안다. 하지만 그 외에 무엇을 알고 있는가? 그나마도 안다고 생각했던 레아의 많은 것들은 머지않아 과거가 될 것이다. 신체의 불편함은 적응되거나 차도가 있을 것이고 식성, 취향, 가깝게 지내는 사람들 또한 아이가 자라남에 따라 변하거나 더 다양해질 테니까.

자라나는 아이를 한 발짝 뒤에서 쫓아가며 나는 계속해서 아이와 이별한다. 내 젖을 힘껏 빨던 아기 레아와 이별했듯, 내 손을 꼭 붙잡고 걷는 어린이 레아와도, 정성 들여 쓴 편지를 손에 쥐어 주는 소녀 레아와도 이별을 맞게 되리라. 하지만 잊지는 않을 것이다. 잊지 못할 것이다. 아이는 다 잊었는데 나만 기억하는 추억은 얼마나 쓸쓸할까. 쓸쓸해도, 쓸쓸하니까, 끝까지 끌어안고 지낼 기억들. 안다는 것은 어쩌면 기억하는 것인지도 모르겠다.

영화 <카페 뤼미에르>를 보면 임신한 딸이 엄마에게 '임밍아웃'을 하는 장면이 나온다. 딸 요코는 얄미울 정도로 덤덤한 태도로 임신을 했고, 결혼은 안 할 것이며, 아이는 혼자 낳아 잘 키울 수 있다고 통보한다. 그동안 봐왔던 드라마에 따르면 등짝 스매싱이나 하다못해 '이 지지배가!' 하는 날카로운 질타가 날아올 것만 같은데(그 뒤론 눈물 바람), 영화 속 엄마는 염려만을 옅게 내비칠 뿐 그렇다 할 적당한 말을 전하지 못하고 안절부절못한다. 내 정서로는 다소 당혹스러운 이 임밍아웃 신을 보면서 나는 이별을 생각했다. 엄마와 딸의 완전한 이별. 뱃속에서 자라는 새로운 이별. 그리고 이별로서 이해받을 이별을.

솔직히 이런 생각도 들었다. '혼자? 혼자 잘 키울 수 있다고? 모르는 소리.' 요코는 아직 모른다. 아이를 낳아 돌보는 일이 어떤 일인지를. 뭐든 직접 해보지 않고서는 알 수가 없으니 당연한 일이다. 출산 후 경제적, 시간적, 체력적, 정신적으로 혼자서는 도저히 한 생명을 감당할 수 없다는 걸 깨닫고 결국 이렇게 SOS를 요청하는 요코를 상상한다.

"엄마, 도와줘…."

그때쯤 요코는 어렸을 때 집을 나간 친엄마를 아주 조금 이해하게 될지도 모르겠다(그렇다. 임밍아웃 신에서 등장하는 엄마는 새엄마다. 하지만 여전히 엄마라는 사실에는 변함이 없다). 이별로 엮이는 얄궂은 생의 비밀이 이별한 두 엄마와 딸 사이를 다시 이어 줄지도 모른다는, 기쁜 것인지 서글픈 것인지 모를 예감이 든다.

엄마와 딸이 등장하는 이야기에서 나는 언제나 딸의 입장에 서곤 했다. 하지만 이제는 엄마와 딸 그 사이 어딘가를 서성인다. 그 서성임은 분명한 방향성을 가지고 있다. 그 사실이 문득 당혹스럽지만 싫지만은 않다. 새로운 나를 만나는 기쁨 때문일 것이다. 이별은 만남으로 이어지고, 세계는 그렇게 확장된다. 그동안 나는 얼마나 많은 나와 이별했을까. 떠나간 내가 남아있는 나에게 남긴 것은 무엇이며, 떠나갈 내가 남겨질 나에게 남길 것은 무엇인가. 이런 생각을 하다 보면 잠이 온다.

그러니까 나는 레아와만 이별하고 있는 것도 아니고 레아와 이별만 하는 것도 아니었다. '서서히 이별하는 일'을 지금껏 견뎌낼 수 있었던 건 바로 무수한 만남 덕분이었을 것이다. 이별은 주로 슬프고 자주 나를 외롭게 하지만 끝이 있으면 시작도 있다는 흔한 말을 기억하면 견딜만한 것이 된다. 갓 태어난 아기에게 했던 '반가워.'라는 인사가 귓가를 맴돈다.

알고 보면 이별은 우리의 일상. 우리는 무수한 만남과 이별을 경험하며 산다. 타인과, 나와, 어제와 그리고 오늘과 자꾸 헤어진다. 그렇다면 나는 다만 어떻게 하면 잘 이별할 수 있는지를 고민한다. 잘 남겨지고, 잘 보내는 법. 잘 떠나고 잘 남겨두는 법. 그런 것들을 고민하다 보면 나는 애초에 그 무엇도 가질 수 없다는 진실만이 또렷해진다. 그 진실을 기억해야만 잘 이별할 수 있다는 사실도. 나는 오늘도 이별하러 간다.

혼자 남은 마음에게

홍콩의 유적과 사랑의 변주곡

함께 한 책

사랑의 변주곡, 김수영, 1988

보미

우리가 돈이 없지 낭만이 없냐.

모로 가도 낭만으로만 가면 되는 지독한 낭만주의자.

여기저기 흘러넘치는 낭만에 시시각각 감동하는 삶을 살
고 있다. 이 페이지에 글을 쓰는 지금도 낭만의 늪에 빠져
있다. (허우적허우적)

2012년 11월, 수능을 끝낸 19.9살의 나는 하교하고 집에 돌아와 홍콩영화를 보곤 했다. 홍콩영화의 감성에 깊게 매료되어서 그랬냐고 묻는다면 그게 희망 사항이라 그랬다. 홍콩영화가 주는 여운은 매직아이 같았다. 몇몇 사람들 눈엔 보인다는 감동적인 무늬가 내겐 통 안 보였다. 중요한 건, 그 몇몇 사람들이 너무 멋지고 섹시했다는 거다. 난 홍콩영화의 매력을 아는 사람에 속하고 싶었다. '꼭 스무 살이 되면, 홍콩의 멋을 아는 멋들어진 성인이 되리. 첫 해외여행은 홍콩으로 떠나리. 더워 쪄죽더라도 임청하처럼 트렌치코트를 입고 홍콩의 밤거리를 걸으리.' 생각하며 뿌옇게 흔들리고 벌겋게 아슬아슬한 영화들을 매일의 책갈피로 끼워 둔 채, 열아홉과 작별했다.

2013년 봄, 대학에 입학한 나는 흔들렸다. 스

무 살의 진자운동이란 경쾌하게 그지없었으므로 홍콩의 밤거리는 '아무개가 좋아하는 랜덤 게임'에 속절없이 밀려났다. 저만치 밀려났던 홍콩이 눈앞까지 다가온 건 몇 년 뒤, 뉴스를 통해서였다. 홍콩의 특산물을 '불안'으로 만들었던 파편 같은 국가 정체성에 예고된 그림자가 드리웠다. 30여 년 전, 광주에 진동하던 <임을 위한 행진곡>이 홍콩 한복판에 울려 퍼지고 있었다. 불안해서 매력적이라던 홍콩영화의 위태로움이 공포로 다가왔다. 멋지긴 했어도 공감하긴 어려웠던 홍콩영화 속 주인공들의 흔들리는 눈동자에 응원을 보태고 싶었다.

감동적인 무늬를 찾는 데 혈안이 되어 제대로 마주하지 못했던 진짜 홍콩의 밑그림을 보겠다고 뺨을 두어 번 치고 기사를 살폈다. 그게 전부였다. 흔들림은 스스로 흔들 때나 경쾌한 것이지 바닥이 흔들릴 땐 속절없이 넘어지는 것이었다. 졸업을 앞둔 난 자주 불안하고 울렁거렸다. 이따금 뉴스엔 우산혁명이 여전히 홍콩에서 진행되고 있다는 뉴스가 나왔고 대만, 홍콩, 태국 학생들이 밀크티 동맹을 맺었다는 이야기도 나왔다. 잠시 심각한 표정을 짓다가도 내 코가 석 자라 한숨이 절로 나는 시절이었다.

몇 년간 드물게나마 이어지던 홍콩인들의 시위 소식은 2020년, 전 세계를 뒤집어 놓은 전염병 이슈로 맥이 끊겼다. 아니, 내 쪽에서 주파수 맞춰 볼 생각을 못 했다는 게 더 맞는 말일 거다. 전염병이 지구를 흔드는데 한낱 지구인 중 하나인 내가 온전했을 리 없다. 꿈을 꿔도 하필 해외 취업을 원했던 탓에 하늘길이 막히는 순간, 속절없이 백수 신분이 되었다. 하고 싶은 일 대신 할 수 있는 일을 해야 했고 워라밸이네, 자존감이네 하는 건 사치였다.

마음 닳는 줄 모르고 낙오되지 않기 위해 아등바등하다가 마음에 크게 탈이 났다. 서른 되면 죽어버릴 거라고 주문을 외웠다. 죽기 전에 하고 싶은 건 다 해 봐야겠다며 별안간 제주도 서귀포시 대정읍에서 감귤을 따고 한라봉을 포장했다.

어이없게도 열심히 따면 배신하지 않고 바구니 가득 차오르는 감귤이 날 치료했다.

제주도 노지감귤의 비타민이란 얼마나 어마무시한 것인지 그 위력으로 육지에서 새롭게 직장을 구했다. 극적으로 맘에 드는 직장에 들어가 행복하게 살았다던가 하는 일은 일어나지 않았다. 그냥 적당히 마모되며 돈을 벌었다. 그 사이 홍콩의 시위는 흐지부지 끝나버렸고 전염병 사태는 바이러스와 부대껴 사는 것으로 결론이 났다. 네모난 바퀴로 한없이 덜컥이면서도 세상은 돌아간다고 생각하던 2023년 5월, 10년 만에 홍콩을 만나러 비행기에 올라탔다.

계획 없이 여행하길 좋아하는 내가 하루에 3만 보씩은 너끈하게 걸으며 찾아다닌 곳은 십 년 전, 감동을 주입하기 위해 무던히 살피던 영화 속 장소들이었다. 예전엔 문전성시를 이루었다는데 지금은 흡사 폐허였다. 스무 살엔 있었던 것들이 서른 살이 되어 방문하자 없었다. 허탈한 마음에 가고 없는 언저리를 오래 바라보았다.

화려한 네온사인으로 가득한 홍콩의 밤거리에서 문득 <사랑의 변주곡>이 떠올랐다. '욕망이여 입을 열어라. 그 속에서 사랑을 발견하겠다.'로 시작되는 김수영의 시. 네온사인의 현란함 뒤로 사라진 사랑을 발견하기 위해 오래 걸었다. 걸음 끝에 마주한 것들은 대체로 기대에 못 미쳤으나 이제서야 그 시절, 알아차리지 못했던 홍콩이 보이는 것 같다.

　　비슷한 BPM으로 흔들리다 보면 눈을 마주하게 되는 때도 있는 걸까. 우린 여전히 불안하고 결론 없는 결론 속에 진이 빠져 있다. 그러나 시인은 가시밭 덩쿨 장미의 기나긴 가시까지도 사랑이라고 말했다. 우리는 사랑을 만드는 기술을 안다고도 말했다. 커다란 고통 앞에 사랑이라는 말이 무색해지는 때가 잦다. 그러나 찢길 대로 찢긴 뒤, 너덜너덜해진 마음으로 안기는 것은 결국 어떤 사랑이다. 조산대 위에 놓인 아슬아슬한 우리는 언젠가 땅이 또 뒤틀릴 때, 새로운 사랑을 변주하며 일어서게 되겠지. 왕페이가 훔쳐보던 양조위

의 집은 미드 레벨 에스컬레이터 어디서도 찾아볼
수 없게 되었지만 시큼탈탈한 마음으로 몽중인을
들었다. 예상외로 웃음이 났다.

여름과 유년의 냄새

📖 함께 한 책
자기 앞의 생, 에밀 아자르, 1975

👤 **윤신**

읽고 쓰기를 좋아합니다. 언어와 감각은 여러 군데에서 뒤섞인 시제로 지내다 내 안에 머물러요. 그렇게 내 안에 살던 언어가 또 다른 곳으로, 당신에게 가서 살아간다면 참 좋겠습니다.

살짝 땀이 밴 피부를 좋아한다. 배어 나오다 못해 셔츠 아래 흐르는 땀도, 그것을 쓸어내리는 축축한 손등도 좋아한다. 거기엔 여름의 냄새가 있다. 여름비와 작열하는 태양 사이에서 오가는 습하고 더운 공기가 있다. 그 감각의 언저리에는 결코 빼놓을 수 없는, 나라는 인간 저 끝 먼 구석에 숨겨 둔 유년이라는 시절이 있다. 숨겨도 자꾸만 몸을 드러내는 올챙이의 몸처럼 굴곡진 어린 시간이 있다.

더운 지방에서 태어났다. 지금이야 더우면 수학 공식처럼 에어컨을 틀어대지만 내가 어렸을 때 우리 집엔 선풍기도 없었다. 가난만 있었다. 혼자 나와 동생을 먹여 살리느라 스타킹에 올이 나가는 것도 모르고 일하던 엄마에게도, 밥을 하겠다고 반 장난삼아 주인집 마당의 가지를 꺾어 볶

아대던 열두 살의 나에게도, 그런 나를 졸졸 따르던 동생에게도 빌어먹을 가난만 꼬질꼬질한 태를 내며 찰싹 들러붙어 있었다. 가난은 어디에나 있었다. 달셋방 계약이 끝나 바로 옆집으로 살림을 옮길 때 끌던 리어카 안이나 살짝 올이 풀린 소매에도 가난은 뗄 수 없는 택처럼 달랑달랑 매달려 있었다. 아니, 자르려 해도 자를 수 없는 얇은 막의 포장지처럼 가난은 우리를 덧씌웠다. 무엇을 하든 어디를 가든 가난에게서 숨을 수는 없었다. 미국의 모병 포스터처럼 가난의 손가락은 언제나 날 가리키고 응시했다.

중학교 때쯤에야 집에 선풍기가 생겼다. 당시 엄마의 괴짜 남자친구가 산속 절에 찾아가 '이 무더운 여름, 집에 선풍기조차 없는 가난한 가정이 있습니다.'하고 갈취하다시피 받아온 것이다. 파란 날개의 선풍기는 여전히 엄마의 집에서 쌩쌩 제 역할을 하고 있다.

여름을 좋아한다. 그러나 내가 좋아하는 것은 환희의 여름만이 아니다. 장마가 지난 뒤 흐르는 구정물 같은 것, 아니면 퀴퀴하게 부패한 음식 쓰레기의 냄새나 길가에 배를 드러내놓고 죽은 매미의 신체도 여름의 일부다. 나는 그들을 외면하지 않듯 나의 가난도 외면하지 않는다. 이 글은 그런 이야기다.

　일주일 동안 고향에 다녀왔다. 기차에 내리자마자 훅, 하고 폐를 스치는 더운 온도에 웃음이 났다. 낯익으면서도 익숙해질 수 없는 공기다. 칠월 말 햇빛은 빛이라기보다 선에 가깝다. 날카로운 날로 살갗을 따갑게 하고 눈이 부시다 못해 멀게 하는 공기의 선 부림. 여름은 있는 힘껏 내 위로 쏟아져 내렸다. 작은 저항이라도 하듯 손바닥으로 작은 차양을 이마 위에 만들지만, 여름을 막을 길이 없다. 목 등으로 땀이 흘렀다.

　역에서 익숙한 번호의 버스를 타고 엄마의 집으로 향했다. 버스는 뜨겁고 시커먼 아스팔트 대신 나의 유년이 그려낸 지도 위를 달렸다. 기억에 여름의 냄새가 겹치자 가슴이 두근거렸다. 이내 창밖으로 눈을 돌려 거대한 아파트 단지로 바꿘 영화관 자리와 그 사이로 재개발에 실패해 철거되지 못한 슬레이트 지붕, 폐가의 모둠으로 남겨진 골목들을 보았다. 어린 나는 그때 비행기가 되어 저 모든 길 위를 날았다. 양손을 펼치고 유영하듯 공기를 가르고 내리막을 내달렸다. 가진 것 없지만 없는 만큼 자유로이 길 한복판을 깔깔거리며 잘도 잘도 날았었다.

　엄마의 집에는 아직도 내 방이 있다. 그 집을 떠난 지 십 년이 되었건만 내 방은 아직 주인이 떠난 줄도 모르는 듯 예전 얼굴을 그대로 하고 있다. 책상과 낮은 의자, 먼지 쌓인 일기장과 책들. 시간을 이동한 듯 나만 커버렸다. 책 한 권을 꺼내 들고 바닥에 벌렁 눕는다. 엄마 남친이 남기고 간 선풍기는 털털거리며 돌아가고 머리맡에는 시원한 녹차가 놓여 있다. 이곳은 천국과 다름없다. 가난이 베푼 은혜가 있다면 작은 것에 기뻐하는 마음일 것이다. 책의 첫 장을 들춰본다.

　그들은 말했다. "넌 네가 사랑하는 그 사람

때문에 미친 거야.”

나는 대답했다. “미친 사람들만이 생의 맛을 알 수 있어.”

책의 주인공은 부모에게 버림받은 열네 살 소년 모모다. 책에는 창녀들과 버려진 아이들, 그들을 돌보는 다리를 저는 늙은 로자 아줌마, 죽음, 사랑, 그리고 가난이 나온다. 난 이 책을 모모와 비슷한 무렵에 읽었는데 읽자마자 단번에 ‘이 책이다!’라고 선명히 느꼈다. 나를 구원해 줄 책, 존재를 긍정해 줄 책, 조건 없이 사랑해도 될 증거가 되는 책, 그것은 바로 에밀 아자르 <자기 앞의 생 (La Vie devant soi)>이었다.

책을 읽으면 그 책에서 가장 좋았던 대목을 일기장에 적어둔다. 그때 쓰던 붉은 일기장이 용케도 책장에 있어 꺼내 찾으니 다름 아닌 하밀 할아버지와 모모의 대화다. 사랑하기 때문에 함께 산다고 생각했던 로자 아줌마가 매월 돈을 받고 자신을 돌봤다는 사실에 충격받은 모모가 질문하는 장면이다.

"할아버지, 사람이 사랑 없이 살 수 있어요?"
"그렇단다."
할아버지는 부끄러운 듯 고개를 숙였다. 갑자기 울음이 터져 나왔다.

어린 나는 왜 이 부분을 적었을까 하고 바닥에 드러누운 어른의 나는 생각한다. 아마도 어린 나는 인간이 사랑 없이도 살 수 있는 건 엄연한 사실이라고 여겼을 것이다. 그것은 현명한 하밀 할아버지가 고개를 숙일 만큼 부끄러운 일이라고도 생각했을 것이다. 우리는 어떻게든 살 수 있다. 적확한 진실에서 고개를 돌릴 필요는 없다. 그러나 어차피 한 번 사는 생을 부끄럽지 않게, 자신과 타인을 기꺼이 사랑하면서도 우리는 살아갈 수 있다. 사랑 없이도 살 수 있지만 그렇지 않은 생을 선택하는 것. 부끄럽지 않은 생을 사는 것. 아마 이 책의 맨 마지막 문장이 '사랑해야 한다.'로 끝나는 것도 같은 이유일 것이다.

　닳아서 반질거리는 교복 무릎처럼 내 유년은 조금 부끄러웠다. 가족을 버린 아버지도, 구멍 난 양말도, 잘 씻지 않아 기름진 머리도, 남자를 포기하지 않던 엄마도, 늘 주변을 맴돌던 가난도 부끄러웠다. 그래서 거짓말했다. 거짓도 반복하다 보면 진실인 척 믿게 된다. 나조차도 그렇게 된다. '나의 아버지는 폭력을 휘두르다 도망간 것이 아니라 잠시 일 때문에 지역을 떠났고 집엔 에어컨도 선풍기도 다 있다. 내게 부족한 것은 아무것도 없다.' 그런 류의 거짓말은 이 책을 한참 읽을 때까지도 맴돌았다. 내 생이 부끄럽고 더 나아질 것 없는, 거짓으로 싸매야만 하는 오물 같은 것으로 느껴질수록 더없는 거짓으로 나와 타인을 속였다. 아니 어쩌면 타인은 속지 않았을지 모르니 나만을 속인 건지도 몰랐다. 나를 미워한 줄도 몰랐다.

　모모는 달랐다. 태생적 불행에 둘둘 말려서도 생을 긍정하고 제가 가진 모든 걸 잃고서도 끝까지 사랑해야 한다고 말했다. 처절하도록 빛나는 긍정이었다. 그즈음 온전히 이 책 때문은 아니지만 내 주변에서 조금씩 균열이 가기 시작했다. 엄마의 괴짜 남친이 철새처럼 우리 집에서 몇 계절을 나고부터인지도 모르겠다. 그는 엉뚱했다. '네 마음은 어디 있니?' '가끔 마음이 널 이길 때가 있니?' 누구도 내게 묻지 않던 낯선 질문들을 해댔다. 생에게 방치되었다고 믿었던 우리를 이곳저곳 데리고 다니며 작고 쓸데없는 것에 눈을 빛내기도 했다. 깃털 같은 구름, 길게 뻗은 숲길, 희게 터지는 포말. 스치고 사라진다고 소중하지 않은 건 아니라고, 작고 유약하다고 힘이 없는 건 아니라고, 너를 보라고, 너는 얼마나 강한 사람이냐고, 낯간지러운 말을 잘도 해댔다.

말에는 씨앗 같은 힘이 있다. 씨앗이 움트고 가지를 틀었다. 어쩌면 난 정말 괜찮은 아이일지도 몰라, 작은 금으로 시작한 균열은 거짓들이 산산조각이 나고 나 혼자 덩그러니 남고서야 끝이 났다. 온전한 나였다. 선택할 수 없는 생의 조건보다 주어진 선택에 마음을 쓸 수 있는, 강한 나였다. 가난과 불행을 한 데로 싸잡은 나의 시선과 헤어지는데, 그러니까 내가 나를 불쌍해하던 유년과 헤어지는데 뚜렷한 계기는 없다. 엄마와 그의 이별도 아니다. 그저 밀물처럼 서서히 밀려오던 말과 나무처럼 자란 자기 긍정, 보통의 아이처럼 뛰어다니고 탑을 쌓듯 책을 읽던 시간이 있었을 뿐이다. 기억하자. 모모는 '사랑해야 한다.'라고 했다. 그 맨 시작은 나 자신이어야 할 것이다.

가난을 그냥 가난으로, 나를 그냥 나로 바라봤다. 나에겐 누구보다 씩씩하고 멋진 엄마가, 사랑스러운 동생이, 작은 것에 기뻐하는 마음이 있었다. 가난해서 불행한 것이 아니라 가난해도 행복할 수 있었다. 진심으로 그렇게 생각했다. 아마 그 시절이 더 이상 부끄럽지 않게 된 즈음 나는 더 이상 유년이 아니게 되었을 것이다. 헤어지는 동시에 성장했을 것이다. 혹시 아는지 모르겠다. 닳아서 반질거리는 교복 바지는 빛에 반사되면 윤슬처럼 반짝거린다.

일주일이 지났고 여전히 여름이다. 이 글을

쓰는 책상 위에는 가방에 넣어온 '자기 앞의 생'이
놓여 있고 이 책에는 나의 유년의 냄새가 스며들
어 있다. 남은 여름, 나는 다시 한번 천천히 나의
유년과 다시 조우하고 이별할 것이다. 대신 이번
에는 진짜 에어컨 아래에서.

2

우리가 잃은 이름에게

—

누나는 여전히 서른 즈음에 머물러있다

🎧 함께 한 음악
서른즈음에, 김광석, 1994

👤 **이시랑**
꺼내지 못한 말을 전하기 위해 종이 위에 글을 심으며 살고 있습니다. <기억을 끓이니 슬픔이 우러나왔다>를 썼습니다.

마로니에 공원 한 가운데선 버스킹이 한창이었다. 사람들은 옹기종기 모여 노래를 감상하고 있었다. 가수는 마지막으로 신청곡을 받았다. 그는 마이크를 두 번 정도 톡톡 두드린 뒤에 노래를 이어갔다. 부른 노래는 김광석의 '서른 즈음에'였다. 이제 곧 내 나이가 서른 살에 가까워져서일까. 제목만으로도 공감을 불러일으키는 노래 앞에서 잠시 발걸음을 멈춰 세웠다. 눈을 감고서 귀를 열어 목소리를 감상했다. 낮지만 짙은 목소리가 주변으로 뻗어나가던 중 가사가 귓가에 내려앉자 눈이 뜨였다.

점점 더 멀어져 간다
머물러 있는 청춘인 줄 알았는데
비어가는 내 가슴속엔 더 아무것도 찾을 수

없네

언제부턴가 내 나이에 대해 많은 생각이 들었다. 어정쩡한 이십 대 후반. 군대를 전역하고 학교를 졸업하니 벌써 스물여덟. 1년을 채 버티지 못하고 나온 첫 직장. 당차게 들어갔지만, 10일 만에 관둔 스타트업 회사. 지금의 나는 어디에도 정착하지 못하고 있다. 무언가를 하지 않은 것은 아닌데 군데군데 구멍이 뚫려있는 내 이력서를 보면 내 가슴속에도 바람이 드나드는 기분이다. 손으로 구멍을 막아봐도 소용없다. 보이지 않는 누군가가 계속해 나에게 열심히 살라고 말을 건네는 것 같다. 아직 나이가 어리니 어떤 일이든 할 수 있다고 말하는 주변 어른의 말은 전혀 울림이 없다. 하고 싶은 일을 찾아보라고 해도 내 손가락은 멈춰있다. 나는 그저 하고 싶은 것이 없을 뿐인데.

생각이 많던 어느 새벽, 번쩍 눈이 떠졌다. 주변엔 물이 떨어지는 소리나 시침이 움직이는 소리만 자욱하게 퍼져있다. 모두가 숨을 죽인 채 꿈속에 빠져있는 시간. 제 역할이 오롯이 잠에 드는 것만이라는 듯이. 방 한 칸을 사이에 두고 훌쩍이는 소리가 일정하게 반복해서 들려온다. 울음소리가 시침의 걸음걸이처럼 움직였다. 애써 감정을 죽인 한낮과 달리 새벽엔 있는 힘껏 숨겼던 마음을 드러내도 되니까. 나는 듣고도 모른 척하며 꿈에 깊게 빠져있는 사람인 양 군다. 당장이라도 달려가 위로를 해주고 싶지만, 이는 오히려 도움이 안 된다는 것을 안다. 눈을 감아도 쉽사리 잠에 들 수 없었다. 새벽만이 조용하고 느리게 흘러갈 뿐이다.

그날 밤엔 누나가 꿈에 나왔다. 막상 누나와 마주하자 무슨 말을 해야 할지 몰라 한참 입을 다물었다. 목소리가 나오려고 할 때쯤 나는 잠에서 밀려났다. 사실 우리는 만난 적이 없다. 행여나 본 적이 있다고 할지라도 나는 너무 어려서 기억에 자리 한 칸 내어주지 못했다. 나는 그녀를 오로지 이야기를 통해서만 알고 있다. 엄마는 이따금 누나 얘기를 들려주었다. 그림과 책을 좋아하는 자신을 쏙 닮았다는 말. 어른에게 예의가 발라 많은 사랑 받았다는 말. 이혼 후 아빠에게 가서 자주 보지 못했다는 말. 그림을 좋아해 미대에 들어갔다는 소식을 끝으로 이야기는 잠시 발걸음을 멈추었다. 그런 이야기들이 줄을 지으면 나는 파편을 주워담아 하나 씩 이어 붙이고는 했다. 누나는 어떤 사람일까. 두고두고 할 말을 쌓아놓은 뒤 누나와 만난다면 들려줘야지. 이것저것 궁금한 것들을 모아 놓고 물어봐야지. 우리는 서로 얼굴 바라보며 얘기를 나눠 본 적도 없지만, 왠지 특별한 주제가 없어도 잘 통할 것만 같았다.

그런 생각할 무렵 누나가 몹시 아프다는 소식이 들려왔다. 다니던 미술 대학을 관두었다고 했다. 세상을 한쪽 눈으로 밖에 담을 수 없다고 했다. 투석을 받기 시작해 일상을 이어가기 힘들다고 했다. 소식이 희미하게 들려오거나 아무런 얘기조차 우리에게 찾아오지 않는 날이 많아졌다. 그러던 어느 날 엄마는 나직이 말을 꺼냈다. 아니, 정확히는 안간힘을 써서 겨우 얘기를 이어갔다. 누나가 지병으로 세상을 떠났다고. 우리의 첫 만

남은 하늘공원에서 이루어졌다. 누나는 바둑판처럼 층층이 나뉘어 있는 한 곳에 자리하고 있었다. 우리의 시선은 정확히 위에서 네 번째 칸에 머무른 채 어디에도 가지 못했다.

누나가 떠났던 가을은 누나의 서른 번째 해였다. 얼마나 하고 싶은 게 많았을까. 벌써 5년도 지난 그날의 시간은 무턱대고 흘러 나는 누나의 나이에 가까워졌다. 자꾸만 늙어가는 나와 달리 언젠간 누나는 나보다 어려지겠지. 나보다 어린 누나를 마주하는 건 어떤 기분일까. 무슨 말을 건네야 할까. 우리는 이제 같은 세상에서는 만날 수 없음에도 불구하고 이런 생각을 하는 건 무슨 의미가 있을까. 나는 다시 김광석의 서른 즈음에를 듣기 시작했다. 여러 가사를 지나 다시 한 문장에 눈길이 멈춘다.

내가 떠나보낸 것도 아닌데
내가 떠나온 것도 아닌데
조금씩 잊혀져 간다

누나는 여전히 서른 즈음에 머물러있다

남은 자는 벚꽃처럼 울었다. 금세 눈물을 거두곤 일상을 되찾으려 애썼다. 기약 없는 슬픔을 짊어지고서 앞으로 걸어갔다. 때론 아무 일도 없다는 듯 웃고 떠들며 삶을 살아간다. 우리는 누나를 잊은 게 아니라 누나가 세상에 없다는 사실에 무뎌진 것이다. 우리는 여전히 새벽에 꿈을 마주하면 하염없이 약해지고 말기 때문에, 다른 세상으로 넘어간 누나를 떠올리며 노래 가사에 밑줄을 긋는다. 해주고 싶은 말을 모아 매일 세상에 잊히는 누나를 어딘가에 새긴다는 마음으로 자그마한 글을 쓰자. 하고 싶은 게 없던 내 손가락이 다시 움직인다.

당신의 계절

🎧 함께 한 음악
그럴 때가 있지, 사뮈, 2020

👤 **우엉**
날 괴롭히지 말아요.

이상하게 가끔 이유 없이 눈물이 날 때가 있지
후회 때문인지 다신 볼 수 없어서인지

누군가의 죽음 뒤엔 다시는 해결 못할 그리움만 남는다. 멀쩡하게 일상을 살다가도, 갑자기 밑도 끝도 없이 그 사람이 그리워졌을 때. 그런데 그 사람의 표정도 목소리도, 결국 아무것도 기억이 나지 않을 때. 우리는 그의 이름만을 되새길 수밖에 없을 것이다. 그 몇 안 되는 글자만으로 그 사람을 온전히 추억할 수 있을까? 그 추억은 진실일까? 그건 아마 지난날의 후회와 반성으로 범벅되어 재구성된 거짓이리라, 나는 생각한다. 나 역시 그리운 사람이 있고, 그래서 여전히 거짓된 과거에 산다. 매일 같이 거짓된 울음을 내뱉고 거짓된 동정을 사며 거짓된 사랑을 갈구한다. 그게 나의 일생이라고 생각한다. 내 일생은 거짓이라고 생각한다.

이런 생각은 열여덟의 여름, 갑작스레 찾아온 K의 죽음에서 시작되었다. 흔히 한 인간의 일생은 사계절로 비유되곤 한다. 봄에 싹을 틔웠던 어느 식물이 겨울을 맞아 하얗게 잠드는 것처럼, 우리도 나이가 들어가며 탄생에서 멀어지고 죽음에 가까워진다. 그 중 열여덟이라는 나이는 열매를 맺기 위해 열심히 꽃을 피우는 늦봄과도 같았다. 열여덟의 나에겐 겨울과도 같은 죽음은 전혀 상관없는 일처럼 느껴졌다.

K는 그해 겨울을 보지 못했다. 그의 계절은 이제 막 지독한 여름을 끝내고 겨우 가을에 접어들었을 때 끝나버렸다. 이때를 계기로 죽음에 대한 나의 생각은 크게 뒤집혔다. 모두가 할머니, 할아버지가 될 수는 없다는 것. 어찌 보면 당연한 것인데도 열여덟의 나에겐 큰 충격이었다. 언제 적에 찍은 건지 모를 어정쩡한 표정의 젊은 K의 영정사진만큼, 전혀 준비되지 못한 죽음이었다. 하

지만 K와의 영원한 이별에 마음이 준비되지 않은 것과는 별개로 장례는 일사천리로 진행되었다. 수시로 찾아오는 조문객들 사이에 온전히 K를 그리워할 시간은 그리 많이 주어지지 않았었다.

이상하게 가끔 이유 없이 눈물이 날 때가 있지
보고픈 맘인지 아직도 떠나 보낼 게 많아서
인지

사실 벌써 10년도 지난 이야기다. 이제는 크게 슬프지도 않다. 보고 싶다는 마음은 오히려 사소해졌다. 나의 계절은 열여덟의 봄에서 멈추지 않고 여름으로 흘렀다. 남들 따라 가을을 준비하고, 평온한 겨울을 기대하게 되었다. 계절이 바뀔 때마다 나는 변했고, 변화의 순간마다 K를 떠올렸다. K라면 어땠을지, 내 인생의 기쁨과 슬픔에 함께 했을 K를 상상한다. 내가 대학에 입학했을 때, 사랑하는 사람이 생겼을 때, 그 사람에게 상처받았을 때, 첫 월급을 받았을 때, 당신께 제발 끊으라 했던 담배를 입에 물었을 때. 그가 어떤 표정으로 어떤 말을 했을지를 상상한다. 하지만 진짜 K라면 어떤 표정을 지었을까? 무슨 말을 했을까?

그의 부고를 들은 내가 가장 먼저 했던 건 그에 대한 기억을 쥐어짜내는 것이었다. 나는 내 안에서 그를 완성시키려 했다. 하지만 쥐어짜낼수록 내가 그에 대해 아는 것이 거의 없다는 사실만 확인하는 셈이었다. 나는 그를 모른다. 그가 종종 흥얼거렸던 "두만강 푸른 물에 노젓는 뱃사공을." 이라는 가사의 노래 제목이 '두만강'이 아니라 '라구요'라는 것도 안 지 얼마 안 됐다. 심지어 박치였던 그가 저 내키는 대로 불렀다는 것도 스무 해가 넘도록 전혀 몰랐다. 하지만 내가 앞에 있는 줄도 모르고 흥에 겨워 노래를 부르던 소년 같은 K의 모습이, 빛 바랜 사진처럼 흐릿하지만 분명하게 남아있다는 게 나한테는 중요했다. 그 얼마 안 되는 기억들로 K에 대한 그리움을 겨우 버틸 수 있었으니까.

가끔 생각이 나면 잊혀지지가 않는 걸 어떡해

가끔 생각이 나면 미쳐버릴 것 같은데 어떡해

K와 함께했던 마지막, 그해 여름은 내내 비가 많이 왔다. K의 장례가 있던 3일 내내 계속해서 비가 내렸다. 대부분의 불행은 비와 닮아서 예고 없이 퍼붓는다. 우산이 없는 것들에겐 몸이 마를 때까지 충분한 시간이 필요하고, 요즘의 내가 그렇다. 이 난리통에 연민의 마음으로 내게 자리를 내어줄 차양 같은 것도 없다. 그냥 온몸으로 받아내고 온몸으로 버티는 삶이다. 나는 여전히 여름을 견디고 겨울을 걱정한다. 비관적으로만 생각하는 것은 아니다. 죽고 싶다는 건 더더욱 아니다. 내가 유난히 남들보다 불행한 것도 아니고, 오히려 다들 나와 비슷한 아픔이 있을 거란 걸 매우 잘 알고 있다. 나는 점점 나아지고 있다. 내가 K와 비슷한 나이로 늙어갈수록, 나는 K를 좀 더 이해할 수 있을 것이다. 당신도 그렇게 생각하죠?

올해도 여름은 아무렇지 않게 나를 지나쳐가고 있다. 뜨겁고도 눅눅한 날씨가 계속 이어지고, 그 안에서 불어 터져버린 사람들은 하나같이 여린 존재가 되어간다. 작은 온도에도 화들짝 데어버리는 식물을 닮아간다. 하나 둘, 조그마한 스침도 견디지 못하는 몸이 되는 것이다. 나는 오늘도 그들 사이에서 어떻게 하면 조금 더 잘 자랄 수 있을지 고민한다. 앞으로 펼쳐질 나의 계절들을 상상한다. 뿌리를 굵게 내리는 것에 집중할지 길게 내리는 것에 집중할지 고민한다. 내 기억 속의 K에게 묻는다. 어떻게 하는 게 좋을까요? 지금도 내 집 앞에는 뿌리를 질질 끌며 식물들이 걸어가고 있고, 나도 따라 나갈 채비를 한다. K의 계절은 멈췄지만, 나의 계절은 오늘도 흐르고 있다.

—

보통의 장례식

🎧 함께 한 음악
가장 보통의 존재, 언니네 이발관, 2008

👤 **희 (熙)**
'그럼에도 불구하고'라는 말로 연명하는 사람.
@shine_.at

열 시엔가 너도 잘 아는 B에게 전화가 왔어. 걔는 한참을 망설이더니 사고로 네가 세상을 떠났다고 말했어. 나는 그게 무슨 소리냐고 B에 반문했지. 아무리 생각해도 말이 안 되잖아. 우린 죽기엔 너무 어리고 또 여린걸. B는 잠시 침묵하다가 내일이 발인이라고, 오늘이 우리가 인사를 할 수 있는 마지막 날이라고 했어. 달력을 보니 십이월 일 일이더라. 어제 십일월을 마무리하며 다이어리 구석에 남은 연말 부디 잘 보내자고 적었는데 고작 하루 만에 네가 그걸 어기게 만든 거지.

전화를 끊자마자 옷장 구석에 있는 흰 와이셔츠와 검정 마이를 꺼냈어. 마이 어깨에 먼지가 얼마나 쌓여있던지. 대학생이 정장을 꺼내 입을 일이 뭐가 있겠어. 사실 침대 위에 옷을 던져두고 갈지 말지 잠깐 고민했다? 왜, 우리는 서로의 연락이 끊겼다는 것도 잊을 만큼 각자의 삶에 충실했잖아. 마지막으로 들은 네 소식이 몇 년 전 네가 한 유명 대학의 건축학과에 들어갔단 거였으니까, 말 다 했지. 그래도 가지 않으면 나중에 후회할 것 같더라. 나는 마음을 다잡고 그 칙칙한 검정 정장을 입고 거울을 봤어. 그제야 실감이 나더라. 네가 이 지구에 없단 게. 더는 볼 수 없단 게. 장례식장에 가면 뭘 해야 해? 차를 끌고 온다던 B를 기다리는 동안 소파에 앉아있던 엄마에게 물었어. 엄마는 상주에게 목례를 하고, 네 사진 앞에서 절을 두 번 하고, 헌화를 하고, 조의금을 내는 게 보통의 장례식이라고 말했어. 많이 겪어본 듯 참 덤덤하게 말이야. 늙어간다는 건 가까운 죽음에 익숙해지는 일인가 봐. 나는 이토록 생경한데.

　네가 있는 병원의 장례식장은 서울에 있었어. 여기서 차로 한 시간 반 정도 걸렸어. 도로가 막히면 두 시간 내지는 세 시간이 걸리기도 하는 곳이지만 다행히 한밤중이어서 우린 늦지 않고 제시간에 도착했지. 우린 차에서 네 얘길 했어. 처음엔 어쩌다 네가 그렇게 됐는지 B에게 물으려다 묻지 않았어. 설령 그걸 알게 된다 한들 아무것도 바뀌지 않으니까, 모르는 게 약이지. B도 너의 근황을 모르긴 마찬가지여서 우린 학창 시절을 서서히 되짚었어. 너와 나의 처음은 어디였을까? B와 얘기 나누다 문득 궁금해졌어. 정확히 기억나지 않지만, 아마 내가 전학을 오고 얼마 지나지 않은 무렵이었겠다. 너는 남녀 가릴 것 없이 인기가 많았어. 사실 그 누가 쾌활한 성격의 축구부 남자아이를 싫어할 수 있었을까? 재수 없게 너는 공부도 꽤 잘했었어. 그러니 반 친구들이 널 놀리는 거라곤 고작 한여름 볕에 검게 탄 피부일 수밖에. 만인의 우상이었던 너와 가까워졌던 건 너와 같은 학원에 다니고 나서부터 였어. 학원으로 향하는 봉고차 안에서 나는 네가 힙합 음악을 즐겨 듣는단 걸, 영국의 한 축구 구단을 좋아한단 걸 알게 되었어. 얼마 지나지 않아 나는 힙합을 찾아 듣고, 시차를 견디면서까지 지구 반대편 축구 경기를 챙겨보기 시작했어. 말은 하지 않았지만 나 또한 너를 우상으로 여겼나 봐.

초등학생들이 으레 그렇듯 별의별 일로 종종 다투기도 했지만, 근처의 같은 중학교에 갈 때까지도 우린 꽤 가까웠어. 다만 얼마 지나지 않아 나는 네 옆에 있을 자격이 되지 않는다며 스스로를 단정 짓고 너와 거리를 두었어. 그 누구도 뭐라 하지 않았는데도 말야. 종종 점심시간이나 방과 후 다른 친구들과 뒤섞여 축구를 했지만, 전처럼 서로의 취향을 묻거나 깊은 안부를 나누지는 못했어. 곧 나는 다른 친구들을 곁에 채웠고, 너 역시 마찬가지였지. 중학교 삼 년 내내 우리가 같은 반이 되지 못한 것도 한몫했겠다. 결국 내가 동네에서 멀리 떨어진 고등학교로 가고서 우린 영영 만나지 못했지.

근데 그거 알아? 나는 네가 그토록 좋아하던 영국으로 유학을 갔어. 게다가 전공도 스포츠 경영이다? 가서 처음 한 일도 네가 매일 같이 TV로 보던 그 구장에 간 거였어. 관중석에 앉아 초록 잔디를 바라보면서 네가 왔다면 참 좋아했겠다고 잠

시나마 생각했어. 그 뒤로는 나를 감당하는 일만
으로도 벅차서 네가 그저 잘 있겠거니, 짐작만 했
어. 이럴 줄 알았다면 유학의 초입에 안부라도 물
어볼 걸 그랬다. 그게 뭐가 어렵다고.

　네 배웅 길에 도착했을 땐 이미 새까만 자정
이었어. B와 함께 건물 안으로 들어서며 무너지지
말자고, 제발 무너지지 말자고 무수히 안으로 되
뇌었어. 하지만 복도 모니터에 떠 있는 네 얼굴을
본 순간 금세라도 주저앉아 눈물을 쏟을 것만 같
았어. 너희 아버님이 자리에 안 계셨다면 분명 무
너졌을 거야. 나는 신발을 벗고, 하얀 국화꽃을 네
사진 한가운데에 뒀어. 그리고 두 번 절을 했어.
이게 엄마가 말하던 '보통의 장례식'이란 걸 그때
알았어. 우리의 오랜만의 안녕은, 마지막 인사는
고작 '보통의 장례식'이란 이름으로 몇 초 만에 끝
이 났어. 뒤를 돌아보니 수많은 사람이 앉아있었
어. 널 배웅하는 사람들이 이렇게나 많은 걸 보면
그간 꽤 잘 지냈나 봐. 네 덕에 중고등학교 때 친구
들을 간만에 봤어. 걔네들과 도란도란 얘길 나눌

법도 했는데, 나는 그러지 못했어. 한참 동안 자리에 앉아 네 얼굴만 쳐다봤거든. 말갛고 투명한 네 얼굴을. 이제 다시는 보지 못할 그 얼굴을.

집으로 돌아오자마자 까만 구두와 정장을 벗어 던졌어. 그러고는 곧장 침대 테두리에 머리를 걸쳤어. '당신을 애처로이 떠나보내고-.' 오래전 플레이리스트 속에 고이 넣어두었다 최근 자주 듣던 노래 첫 구절을 흥얼거렸어. 불현듯 떠오른 걸 보면 보통의 장례식이란 말을 나도 모르게 끊임없이 파헤치고 있었나 봐. 너는 알까? 세상에는 끝이 종말인 부류의 사람들이 있고, 사실 나도 그들 중 하나라는 걸. 어쩌면 요새 내가 그 노래에 사로잡혔던 게 네가 먼 별로 떠날 거란 징조였던 걸까? 만일 내가 그 노랠 듣지 않았다면 우린 서로의 소식을 모른 채로 여생을 잘 날 수 있었을까? 앞으로 나는 얼마나 많은 사람을, 사랑을 떠나보내야 할까? 그렇다면 나는 나를 조용히 투과하는 이들을 왜 구태여 껴안아야 하는 걸까?

나에게 넌 너무나 먼 길

너에게 난 스며든 빛

언제였나 너는

영원히 꿈속으로 떠나버렸지

나는 보통의 존재, 어디에나 흔하지

당신의 기억 속에 남겨질 수 없었지

가장 보통의 존재, 별로 쓸모는 없지

나를 부르는 소리 들려오지 않았지

노래는 곧 이렇게 끝이 나. 그리고 생각해. 나는 네게 어떤 존재였을까? 그저 한때의 학우였을까, 아니면 열렬한 친구였을까? 한 번쯤은 내 소식을 궁금해한 적은 있을까? 네가 증명하지 않는 이상 해결되지 않는 난제겠지만, 누군가에게는 보통의 장례식이었지만 내게는 아니듯, 부디 내가 너에게 보통의 존재는 아니었길 바라. 작은 쓸모가 꼭 있었길 바라. 꼭 찾아갈게. 언젠가 저 노랫말이 공감되지 않는 날에.

—

하늘의 별

🎧 함께 한 음악
무지개다리, 안녕바다, 2018

👤 **땡요일**

어느 요일이나 글과 함께 하고 있습니다. 기록의 힘은 대
단하다고 생각합니다. 그렇기에 변화하는 것들을 적어내
려 갑니다. 누군가는 기억하는 시간을 적고 있습니다.

———

생명은 하나의 우주를 품고 있다는 이야기를 들은 적이 있다. 너는 내게 하나의 세상이었고 우주였다.

너는 예고 없이 우리에게 찾아왔다. 강아지를 키우고 싶어 했던 우리에게 부모님이 준 어린이날 선물이었다. 마음의 준비가 된 상태는 아니었지만, 어린 마음에 그저 기뻐했다. 아주 작았던 네가 꼬물거리며 움직이는 게 신기해 시간 가는 줄 모르고 너만 보고 있었고 혹여나 발에 채일까 조심조심 걸어 다니던 초등학생 때가 아직 생생하다.

너는 며칠 뒤 마치 구름같이 흰 털색을 품고 있어서 '하늘'이라는 이름이 생겼다. 하늘이는 자라며 몸에 수많은 구름을 품었다. 집이 어두울 때는 먹구름처럼 온몸이 검은색으로 보였고 해가 지는 황혼의 시간에는 온몸에 주황색을 품었다. 하늘이라는 이름을 가져서 그렇게 하얗게 자랐는지 뽀얀 하늘이가 자는 모습을 보고 있으면 하루가 행복해지곤 했다.

하지만 행복한 것만은 아니었다. 하나의 생명을 가족으로 들인다는 것은 그만큼 책임지는 것도, 부딪히는 일도 많아진다는 뜻이었다. 산책하는 강아지들이 예뻐 보였지만 매일 산책하러 나가는 것은 나에게 숙제가 되었고 다녀와서 씻기는 것, 집에서 배변을 치우는 것 등 해야 하는 일은 점점 늘어났다. 나가서 놀고 싶고 하고 싶은 것은 많은데 할 수 없던 날이 많았다. 그래도 속상하지 않았다. 하늘이가 행복한 만큼 나도 행복했고 그에게 받는 사랑이 나에겐 과분할 정도였으니 말이다.

내가 중학교 3학년이 되던 해 하늘이는 심장이 안 좋다는 진단을 받았다. 산책을 해도 핵핵 거리기 일쑤였고 앞으로 산책보다는 집에서 놀이를 하는 것이 좋겠다는 수의사님의 말에 하늘이보다

혼자 남은 마음에게

내가 더 슬퍼했다. 동물이 다른 건 다 못해도 아프다는 말은 했으면 좋겠다는 생각이 들었다. 자기가 아픈 것을 모르는지 아니면 티를 내지 않는 건지 하늘이는 여전히 웃는 표정과 똘망똘망한 눈 그리고 뽀얗고 윤기 나는 털을 가지고 내 곁으로 왔다. 그래서 더 슬펐다. 오히려 하늘이가 나를 위로하는 것 같았다.

하늘이의 건강은 여름밤의 태양처럼 아주 천천히 저물어 갔다. 힘들어하는 하늘이를 보며 우리가 할 수 있는 것은 하늘이의 이름을 많이 불러주고 다독여 주고 우리가 줄 수 있는 사랑을 충분히 나누어주는 것밖에 없었다. 위태로운 외줄을 걷는 것처럼 하늘이는 버텨줬다. 나는 하늘이가 없는 미래를 생각하지 않았다. 아프더라도 언제까지나 옆에 있을 것 같았다. 하지만 하늘이는 갑작스럽게 무지개다리를 건넜다. 직장에서 "하늘이가 무지개다리를 건넜어."라는 소식을 들었을 때 나는 아무것도, 아무 생각도 할 수 없었다. 그저 사무실 바닥에 주저앉아 소리 내 울 수밖에 없었다. 제대로 쉴 수 없는 숨과 하염없이 흘러나오는 눈물을 진정시킬 수가 없었다.

집에서 하늘이의 마지막 모습을 봤다. 작은 상자에 담겨있는 하늘이의 몸은 너무나도 작고 차가웠다. 하늘이를 데리고 장례식장에 가서 마지막 인사를 했다. 화장을 마치고 유골함에 담긴 하늘이는 다시 우리 집에 왔다. 하늘이의 온기가 사라진 집은 쓸쓸하고 차갑게 느껴졌다. '왜 이런 일이 나한테 일어났을까, 왜 더 잘해주지 못했을까.' 같은 후회만 머릿속에서 자꾸 맴돌았다. 아마 나뿐만 아니라 우리 가족 다 같이 비슷한 생각을 했던 하루였을 것이다.

하늘이가 무지개다리를 건넌 뒤 내 일상은 전과 다를 게 없었지만, 가슴에 하늘이 만한 구멍이 뚫린 것 같았다. 네가 잠을 자던 쿠션은 구름의 색이 아닌 먼지만을 품고 있었고 온 집안 곳곳에 너의 향기만 묻어있었다. 우리가 귀가하면 쏜살같이 달려 나오던 현관은 등이 켜져 있어도 어둡게만 보였고 너로 인해 대화가 싹트던 거실은 조용한 공간이 되어버렸다. 너의 얼굴은 이제 사진과 기억으로만 만날 수 있고 너에게 받던 수많은 감정과 위로는 과분하리만치 커다란 추억이 되어 나를 쉽게 무너뜨렸다. 여름은 뺨에 흘러 식어가는 눈물 때문에 더운지도 모를 정도였다. 네가 없어 무너진 세상에서 겁이 많은 나는 어떻게 버텨야 할지 두려웠다. 아무것도 모른 채 흘러가는 시간이 야속하게만 느껴졌고 그로 인해 돌아가는 세상 속 내 일상은 그대로라는 게 잔인하게만 느껴졌다.

무너진 세상 속에서 버티고 나아가야겠다는 생각이 든 건 얼마 후였다. 하늘이가 떠났다는 사실에 매달려 있느라 나를 돌보지 않으니 몸도 마음도 점점 지쳐갔고, 결국 몸에 탈이 났다. 이런 나를 보면 하늘이가 얼마나 슬퍼할까. 하늘이를 잃고 무너졌지만 하늘이를 위해 일어나야겠다는 생각이 들었다. 무지개다리를 보낸 반려인의 이야기를 찾아보고 싶었다. 어떻게 이겨냈는지, 얼마나 슬펐을지 공감하고 싶었다. 차근차근 내 슬픔을 이해하면 조금은 나아지지 않을까 싶었다. 무지개다리라는 키워드로 검색했더니 여러 글 사이에 '무지개다리'라는 제목의 노래가 하나 있었다.

잘 가라는 인사와 함께 마지막으로 한번 끌어안고서.

가사를 듣자마자 눈물이 흘렀다. 경쾌한 리듬 속에 깊은 슬픔이 잠들어 있는 느낌이 들었다. 하늘이의 마지막 순간에 함께하지 못한 마음 때문에 더 그런 것 같았다. 노래를 멈추지 못한 채 하염없이 흐르는 눈물을 닦으며 멍하니 서 있었다. 아직 그날에서 헤어 나오지 못한 나를 마주한 기분이었다.

무지개 다릴 건너 달리는 모습 상상만으로 예뻐 보여 함께 걷던 공원 나무 그늘 아래서 언젠가 다시 만나자.

하늘이도 무지개다리를 건널 때는 힘들어하지 않고 어렸을 적 나와 함께 산책했을 때처럼 힘차게 뛰어가지 않았을까 하는 상상을 했다. 산책할 때마다 가족들이 잘 가고 있는지 뒤돌아 확인하던 너였기에 우리가 없어서 당황하지 않을까 싶기도 했지만 씩씩하게 길을 잘 찾아가던 너였으니 길 잃을 걱정은 들지 않았다. 뒤돌며 불안해하겠지만 멋지게 강아지별로 가는 하늘이를 생각하니 마음이 조금은 편해지는 것 같았다. 오히려 언젠가 분명히 다시 만날 날이 올 것만 같기도 했다.

나 그날이 오면 사랑스럽던 너를 안고서 네가 없는 동안 궁금했을 이야길 밤새도록 들려줄 테니 조금만 기다려.

노래는 끝을 맺는다. 며칠 밤을 새우더라도 우리가 이야기를 천천히 나누는 시간이 있으면 좋겠다. 다른 모든 것을 제쳐두고 하늘이가 강아지별에서, 내가 지구에서 겪은 일들과 우리의 추억들을 나눌 수 있는 시간 말이다.

　　어떤 웹툰 작품 속에서는 무지개다리라는 것이 진짜 있고 동물들을 위한 저승세계가 있다고 한다. 먼저 무지개다리를 건넌 반려동물들은 주인을 기다리다 반려인이 하늘로 가면 제일 먼저 달려가 저승세계를 안내해 준다. 하늘이가 기다리고 있는 강아지별에 가기 전 이야기보따리를 한가득 채워 가기로 다짐했다. 이런 생각 때문인지 힘이 자연스럽게 났다.

　　새하얗고 몽실몽실한 구름이 뜨는 하늘을 올려다보는 날에는 여전히 하늘이가 생각난다. 아무 걱정 없이 뛰놀던 하늘이와 천진난만했던 과거의 나. 하늘이를 다시 만나는 날에는 다시 한번 마음 놓고 뛰어놀고 싶다. 그리고 말하고 싶다. 너와 함께한 순간을 잊어본 적 없다고 기다려 줘서 고맙다고.

—

깊은 잠식에서 고개 들기

.

함께 한 영화
멜랑꼴리아, 라스 폰 트리에 감독, 2011

김현경
보이지 않는 것을 보이게 하는 작업을 합니다.
디자인을 하고 책을 만들며 때때로 글을 쓰고 그림을
그립니다.

"그 영화 있잖아요, 우울증에 걸린 여자가 나오는 영화… 아, <멜랑꼴리아>에 나오는 주인공 같아요."

"네? 그 영화 본 적은 없지만 한번 볼게요."

처음 보는 사람과 우연한 첫 만남에서 나눴던 대화다.

그 여자는 내게 DM(다이렉트 메시지)을 보내왔고, 한두 번씩 내가 SNS상에서 내비치는 우울에 한 병원을 추천해 주었다. 아무래도 병원에 가보는 게 낫겠다고, 그중에서도 멀지 않다면 자신이 다니는 정신과 병원에 가보면 어떠냐는 이야길 했다. 그 메시지를 확인한 건 아침 일곱 시였다. 잠을 통 잘 수가 없어, 새벽 네 시까지 술을 마시고도 아침 일찍 깨어난 나는 이 모든 걸 어떻게 끝낼 수 있을지 고민하고 있었다.

아무래도 그런 생각을 하는 것보다 그가 추천해 준 대로 병원에 가는 것이 옳은 일인 것 같아, 얼굴만 대충 씻고 상계동의 병원으로 향했다. 집에서 상계동은 꽤 멀었다. 병원 의자에 앉아 있는데 한 여자가 내게 반갑게 인사했다. 나는 '별 이상한 사람들이 있네.' 하는 생각으로 그를 무시하고 차례를 기다리며 책을 읽었다. 그 여자는 많은 자리를 두고 굳이 내 옆자리에까지 앉았다. 좀 불편하다고 생각할 때쯤 여자가 입을 뗐다.

"현경 씨… 맞죠? 여기서 이렇게 만나네요."

여자는 내게 메시지로 병원을 추천해 준 사람이었다. 여자는 내게 반가움을 표했지만, 나는 당최 그럴 기분이 아니었다. 곧 나의 진료 차례가 되어 나는 진료실로 들어갔다. 의사는 내게 집에서 가까운 병원에 다니는게 좋겠다며, 다른 병원을 추천했다. 진료실에서 나오니 여자는 여전히 나를 기다리고 있었다. 여자는 나에게 점심시간이니 함께 점심을 먹자고 말했지만, 영 그러고 싶지 않았다. 그러면 커피나 한잔 마시자고 제안했

혼자 남은 마음에게

고, 여자는 그러자고 했다. 우리는 눈부시게 환한 봄날 카페에 앉아 우울증과 죽음과 폐쇄병동에 관한 이야기를 나눴다. 처음 들어보는 '폐쇄병동'이라는 단어는 의사가 언지를 했고, 여자도 "그 정도면 폐쇄병동에 가야 할 걸요? 저도 몇 번 다녀온 적 있어요." 말한 것이었다. 소개받은 다음 병원에서 나는 곧장 폐쇄병동으로 이송됐다.

여자와 다시 만난 건 병동에서 나오고 얼마 지나지 않아서였다. '기분을 내보자.'라며 여자와 회기동의 작고 예쁜 카페에서 만나 병동 이야기를 나누었다. 여자는 우리의 우울에 대한 이야기를, 그럼에도 자신이 사랑하는 글쓰기에 대한 이야기를 하고, 가끔 해보면 좋다며 네일 아트를 추천하기도 했다. 우울하지만 평범한 이십 대의 이야기를 한참을 나누고 여자와 헤어졌다. 집으로 가는 길 나는 네일 아트를 하기엔 손톱이 짧아, 케어만 받고 나왔다. 그렇게까지 기분이 좋아질 만한 일은 아니라는 생각을 했다.

여자가 세상을 떠났다는 사실을 알게 된 것

은 두 번째로 병동에 갇히기 전이었다. 내게 자신이 수많은 방법으로 죽으려고 했다는 것을 이야기하던 여자는, 아마도 새로운 방법을 강구해 결국 자신의 목표를 이뤄냈을 것이라는 생각이 가장 먼저 들었다. 이십 대가 지나기 전에 죽을 거라던 그의 말이 농담이 아니었구나, 두 번째로 생각했다. 세 번째로는 '그놈의 네일 아트, 또 하고 또 하지….'라는 들리지 않을 타박을 했다.

신기하게도, 아니 그러면 안 될 것 같지만 어쩐지 그녀의 죽음은 예정된 것만 같이 느껴져서 슬픈 구석이 없었다. "이제 편안해졌으려나…", 혼자 되뇌어 보았을 뿐이다. 마음만 먹으면 갈 수는 있겠지만 다른 지역이었던 그녀의 장례식에도 갈 맘이 없었다. 다만 믿지 않는 신에게 그가 평안할 수 있길 바란다고 눈을 감고 잠깐 기도를 드렸다.

그가 나를 영화 <멜랑꼴리아>의 주인공 같다고 말했던 걸 떠올리고 영화를 봤다. 우울에 잠식당한 주인공과 그 주변 사람들, 그들에게 일어

나는 이야기. 나는 어떤 면에서 그가 그때의 내 모습을 보며 그 주인공 같다고 말했는지 알 것만 같았다. 먼 데 시선을 둔 텅 빈 눈동자, 밥을 먹을 의지조차 없던 점, 카페 의자에 축 늘어져 있던 나. 혼자 있을 때의 내 모습이지만 타인에게는 보이기 싫은 모습이다. 그날만큼은 그에게 내 본 모습을 숨기고 싶은 마음도 없었고, 무엇보다 처음 보는 사람이라고 예의를 다할 힘도 없었기 때문이었다.

두 번째 폐쇄병동에 가기까지는 두 번의 경찰을 동원한 난동이 있었고, '이송'되었던 처음과는 달리 갇혀 버렸다. 그곳에서 가지 않는 시간을 견디고 바깥에서는 잘 지내고 싶었다. 물론 종종 차오르는 어쩔 줄 모를 감정들과 나를 괴롭히는 무기력은 사라지지 않았다.

그럼에도 살고자 한다는 점은 달라졌다. 아니, 더 잘 살고자 하는 마음이 생겼다. 하루를 잘 보내고 목표를 이루고 건강하게 지내자는 변화가 생겼다. 하루아침에 모든 게 괜찮아졌다는 이야기하려는 건 아니다. 많은 흔들림 속에 깊은 우울에 대한 잠식에서 겨우 고갤 들 수 있었다. 이제는 아무리 무기력해도 <멜랑꼴리아>의 주인공 같은 텅 빈 눈을 하지 않을 수 있다. 이 변화는 아마도 곁에 있는 좋은 사람들과 꾸준히 먹은 약 덕분일 테다. 그가 내게 제안했던 것처럼 네일 아트를 하고 속눈썹 펌도 해보며 내게 작은 선물들을 선사한 이유 때문일 것이다.

"이제 안정기라고 볼 수 있겠네요."

이번에 정신과 의사 선생님께 들은 말이다. 그는 이제는 감정적으로 크게 흔들리는 일은 없으니까, 라고 덧붙였다. 실제로도 그랬다. 좀 더 잘 살고 싶다는 욕심은 나의 하루를 더 촘촘하게 채운다. 촘촘하게 채워진 하루는 또다시 내일을 살게 한다. 모인 하루들은 죽지 않을 이유들을 꼽을 수 있게 만든다.

언제 다시 돌아올지 모르지만 깊었던 우울과의 작별 인사를 한다.

그가 볼 수 있다면, 나를 내려다보고 '잘 지내

고 있구나.' 미소 지으면 좋겠다.

3

상실이 지나간 자리

—

두렵지만 고독하지 않은

📖 함께 한 책
색채가 없는 다자키 쓰쿠루와 그가 순례를 떠난 해,
무라카미 하루키, 2013

👤 **이건해**

작가. 일본어 번역가. 하드보일드 소설로 데뷔한 뒤 일본 문
학과 게임을 번역하며 SF 호러 미스터리 소설을 종종 썼다.
브런치북 출판 프로젝트를 통해 낡은 물건의 쓸모를 찾는
일과 소비 생활 고민을 다룬 수필집 <아끼는 날들의 기쁨과
슬픔>을 출간했다. 지금은 수필을 더 많이 쓰고 연재한다.
우울하고 답답한 얘기라도 즐겁고 우습게 쓰려 한다.

———

　내가 이별을 결심한 건 교토에서 본 비녀 탓이 컸다. 당시 주변에서 비녀가 은근히 유행하고 있었기에 나는 교토의 기념품 가게에서 비녀를 발견하자마자 애인에게 선물하고 싶다는 충동을 느꼈다. 다만 아무리 생각해도 그걸 선물해봤자 좋은 소리를 들을 수 있을 것 같지 않았다. 십중팔구 너나 하라는 답이 돌아올 게 뻔했다. 지금 생각해보면 그건 경험에 근거하긴 했으나 사실이 아니라 예측이었고, 설령 그렇게 된다 할지라도 선물을 하는 게 나은 선택지였다. 그러나 선물이라는 행위에 거대한 불안감이 따라온다는 사실 자체가 고통스러웠고, 대체 무엇을 얻기 위해 이런 관계를 지속해야 하는가 회의감이 들었다.

　결국 나는 오래지 않아 이별을 택했다. 하롱하롱 뭐가 흩날리는 아름다운 장면 같은 것은 것은 없었다. 나는 이별의 과정을 직시하고 정당하게 처리할 만한 용기가 없었고 대체로 좀스럽게 행동했다. 그런 짓들을 내 마음에 대한 일종의 복수라고 여겼는지도 모른다. 그런 비뚤어진 경향성 때문인지 이후로 제대로 된 게 없었다. 좁은 인간관계 속에서 구설수에 올랐고, 어떤 관계들은 맥없이 끊어졌다.

죽음 같은 밤은 연애의 일종이 또 한번 엉망진창으로 깨어지면서 시작되었다. 몇 번의 즐거운 데이트 끝에 받은 선물이 정성껏 포장한 포교용 종교 서적이라는 사실을 알게 된 순간, 나는 자신이 어디에도, 누구에게도 속하거나 욕망되지 않는 존재임을 알았다.

불안의 먹구름을 헤치고 마침내 곁으로 다가온 절망의 눈 앞에서 나는 잠을 이룰 수 없었다. 누워서 눈을 감고 있어도 잠 대신 피로만이 누적되었고, 모든 시간이 심장박동으로 나를 괴롭혔다. 안식 말고는 아무것도 바랄 것이 없었는데, 그 안식은 죽음처럼 구체적인 게 아니라 그보다 더 근원적인 존재의 사멸이나 시간 자체의 소거에 가까웠다. 나는 자신이 아예 처음부터 없는 존재이길 바랐고, 간신히 맞이한 아침에는 아무것도 변하지 않은 현실에 짓눌리는 한편으로 이런 고통은 두 번 다시 겪고 싶지 않다고 생각했다. 그 어떤 이유로 인한 일일지라도 이런 밤을 맞이하느니 죽는 게 나을 거라고.

시간이 좀 지난 뒤에, 나는 무라카미 하루키의 소설 <색채가 없는 다자키 쓰쿠루와 그가 순례를 떠난 해>를 보고 적지 않게 놀랐다. 소설 초반부터 내가 겪은 증상과 상당히 유사하다고 해도 좋은 상태가 묘사되어 있었다.

그때 손이 닿는 곳에 죽음으로 이어지는 문이 있었다면 그는 거침없이 열어젖혔을 것이다. 깊이 생각할 것도 없이, 말하자면 일상의 연속으로서. (중략) 당시 그는 꿈이라고는 꾸지 않았다. 설령 꾸었다 하더라도 그것은 의식에 떠오르는 순간부터 아무런 단락도 없는 밋밋한 의식의 비탈에

서 허무의 영역을 향해 미끄러져 내렸다.

　주인공 쓰쿠루가 비참한 정신 세계의 붕괴를 경험해야 했던 것은 고향의 소울 메이트 네 명 모두로부터 어떤 설명도 듣지 못한 채 거부당하고 내쫓겼기 때문이다. 자기 자신보다 더 사랑하고 아낀 이들로부터 이유도 없는 영원한 단절을 겪은 것이다. 사지가 대뜸 떨어져나가는 심정이었으리라. 쓰쿠루는 고통의 터널을 최소한의 생명 유지와 사회 활동이라는 루틴에 매달려 버텨나간다. 터널은 평생 느껴본 적 없는 질투와 '온몸을 틀어쥐고 쥐어짜는 듯한 격렬한 통증'을 거쳐 끝난다. 쓰쿠루는 관념적 죽음을 경험한다.

　새로이 탄생한 쓰쿠루는 규칙적으로 자신이 사랑하는 일인 기차역 스케치와 공부, 수영을 반복하며 새로운 친구와 애인을 사귀게 된다. 여전히 마음속 깊은 곳 어딘가가 잘못되어 있다는 느낌을 받지만, 적어도 정상 인간으로 기능하게 된 것이다.

문학의 역할 중 하나가 '자신이 혼자가 아님을 알려주는 것'이라고 한다. 나는 이 소설의 초반 전개를 보고, 내가 겪어야 했던 심리적 재난이 유달리 이상한 것은 아님을 알게 되었다. 주변에서 비슷한 상황을 겪고 흔히 하는 말은 '미칠 것 같아서 술을 진탕 퍼마셨다.'라는 등의 단순한 설명이었으나, 그에 비해 쓰쿠루가 겪은 심경의 변화는 나의 영혼을 관통하는 말 같았다. 덕분에 나는 비참한 고독감에서 조금 벗어날 수 있었다. 지독한 절망을 마주하는 순간이 언젠가는 돌아올 텐데, 그렇게 되면 그 기이한 고통의 밤도 다시 찾아와 나를 죽음의 문턱으로 몰아댈 거라는 두려움도 제법 줄어들었다. 그런 일이 일어나지 않을 거라는 보장은 없었지만, 최소한 그게 어찌되었든 누구에게나 일어나기도 하는 일이라는 사실을 안 덕분이다. 책이 전하는 메시지가 딱히 희망적이지 않더라도 내가 보편적 영역에 있음을 안다는 게 큰 위안이 되기도 하는 것이다.

　　그 뒤로 몇 년이 지나는 동안, 나는 역시나 그

날들과 비슷한 정도로 처참한 밤도 겪었고 심장 소리가 지속적으로 고막을 괴롭히는 듯한 낮도 겪었다. 텅 빈 연못을 지키는 늙은 따오기 같은 기분이 들면 그런 시간은 언제나 돌아왔다.

심리상담사는 이를 약간의 공황장애라고 말했고, 나는 진단을 받아들였다. 받아들이지 않는다고 딱히 더 나아질 방법이 있는 것도 아니니 어쩌겠는가. 나는 내가 타인에게 끼치는 해악이나 비참한 절망의 시간, 혹은 육체적으로 구현되는 슬픔을 그냥 겪으면서 매일 운동했고 매일 생산적인 척을 지속했다.

덕분에 지금은 보란듯이 훌륭한 인물이 되었다고 쓰면 참 좋겠는데… 그렇게 되진 않았다. 나는 쓰쿠루처럼 죽어버린 자신을 넘어서 새로 태어나지도 않았고, 특별히 강인한 존재가 되지도 않았다. 열렬한 사랑이 없는 삶이 열등한 것은 아님을 알게 되었고 공황도 찾아오진 않지만, 삶의 허허벌판에서 행려병자가 될지도 모른다는 막연한 두려움처럼 영혼 깊이 숨은 그 시간도 틀림없이

혼자 남은 마음에게

다시 돌아오리라 생각한다.

　　다만 그런 운명에 슬퍼질 때면, 저승으로 향하는 입을 벌린 밤 대신에 다자키 쓰쿠루의 이야기를 생각하려 한다. 그러면 다가올 시간은 종종 지독할지 몰라도 고독하진 않은 것으로 변해주는 것이다. 견디기 힘든 시간을 영혼의 이해자 없이 견디는 방법이나 문학이라는 상상 놀음의 실질적 쓸모에 대해 묻는 이가 있다면, 나는 이 이야기를 해주고 싶다.

내 고향 태경빌라

함께 한 음악
내 고향 서울엔, 검정치마, 2017

이성혁
글쓰기와 책 만들기를 좋아해요. 낮에는 커피를 만들고 밤에는 글을 씁니다. 스토리지 에세이시리즈 <내가 카페에서 들은 말>, 독립출판물 <2분 30초 안에 음료가 나가지 않으면 생기는 일> 등을 썼습니다.

누군가 고향이 부산이라고, 광주라고 말하면 부러웠다. 어딘가 자신을 기다리는 곳이 있는 느낌이라서. 요즘은 검정치마의 <내 고향 서울엔>을 가장 많이 듣는다. 서울이 고향인 나는 여태까지 고향이 서울이라는 말이 그렇게 어색할 수 없었다. 이제 어색하지 않게 말할 수 있다. 내 고향은 태경빌라라고.

빳빳한 여름을 보내고 있다. 부석거리고 시원한 마음이 없다. 지나온 여름과는 다른 여름을 보내고 있다. 날마다 마른하늘에 거대한 빗줄기가 쏟아진다. 우산을 써도 어깨가 젖는다. 비가 그치면 뜨겁고 따가운 태양이 내린다. 태양이 너무 뜨거워 온몸이 땀으로 젖는다. 어떻게든 젖는 계절을 보내고 있다. 그중 가장 많이 젖는 것은 내 마음이다.

결혼식을 하고 8개월 만에 신혼집으로 떠난다. 여러 이유로 집을 구하기 어려웠다. 드디어 괜찮은 집을 구했고 이사할 짐을 정리하며 여름을 나고 있다.

나는 32년 만에 본가를 떠난다. 서른두 번의 해를 보낸 집에서 떠나는 일은 쉽지 않다. 쌓아온 내 방의 짐만큼 우리 집에 쌓인 추억이 한 바가지다. 포장이사로도 포장되지 않는 마음을 정리한다.

몇 살이었는지는 기억나지 않는다. 내 인생에서 가장 오래된 기억은 거실에 앉아 아이스크림을 먹는 순간이다. 아이스크림을 입에 넣는 나를 필름에 담는 엄마의 모습도 기억한다. 그 거실이 있는 집에 32년을 살았다. 신혼집 전입 신고를 위해 등본을 뽑아보니 정확히 91년 9월. 태어나고 일 년 뒤 태경빌라로 이사 왔다. 신혼집으로 이사를 준비하며 겹겹이 쌓인 추억을 본다. 어떤 고향은 건물이 된다. 내 고향 태경빌라.

나는 유난히 집을 사랑했다. 약속이 깨지면

그래도 나가서 무언가를 하는 사람이 아니었고 오히려 집에서 쉴 수 있어 좋은 사람이었다. 노량진에서 보내던 고시원 방을 집으로 하기는 싫다. 몇 년 그곳에서 살았지만 그건 타지에 잠깐 머문 것이었고 군 생활을 제외하면 오로지 우리 집에서 살았다.

여름마다 엄마가 만들어 주던 팥빙수가 생각난다. 지금은 이가 시려서 즐겨 먹지 않지만, 초등학교 때만 해도 팥빙수를 만들어 먹었다. 냉동실에서 네모난 얼음 틀에서 얼음을 꺼내 파란 얼음을 닮은 파란 빙삭기에 넣고 손잡이를 돌려 얼음을 갈았다. 팥과 하얀 가루가 묻은 조그만 떡과 초코 시럽과 딸기시럽을 넣어 먹던 순간. 그 순간에도 우리 집 거실에 있었다.

나의 모든 추억에 우리 집이 있다.

엄마와 아빠 그리고 누나와 지냈던 순간들을 그린다. 거실에 앉아 아이스크림을 퍼먹던 어린 성혁이의 모습 이전에 걷지 못해 기어다니던 순간을 그린다. 기억보다 더 오랜 시절의 일이지만 분명히 있었던 일. 태경빌라가 사람이라면 그 어린 시절의 나를 기억할 것이다. 그때 태경빌라는 건장한 청년이었다.

30년간 여러 번 바뀐 인테리어처럼 이 건물을 스쳐 간 사람이 너무나 많다. 유치원을 같이 다니던 아랫집 친구부터 여전히 연락하고 지내는 이모네 가족, 작년에 이사한 옆집 할머니까지. 30년 전 건장한 청년이었던 빌라에는 이제 세월이 곳곳에 묻어있다. 아무도 올라가지 않는 옥상, 삐그덕거리는 공동현관문. 건물도 늙는다. 그 모습이 밉지 않다. 오히려 나를 안아주는 느낌을 준다.

엄마와 아빠가 퇴근하면 커튼 뒤에 숨어있다가 놀라게 하던 누나와의 추억이 스친다. 나는 미래로 갈 때 항상 과거를 생각한다. 미래보다 과거에 머물러 있는 것 같기도, 어쩌면 추억이 나를 미래로 데려가는 것 같기도 하다. 내일 신혼집 입주를 앞두고 이제 30년을 산 집에서 마지막 밤을 보낸다. 이제 내일부터는 새로운 집에서 잠들고 눈을 뜬다.

혼자 남은 마음에게

아침을 먹고 있으면 학교에 같이 가자며 우리 집에 오던 옆 건물 친구는 이제 양양에서 식당을 한다. 세월이 왜 이렇게 빠를까. 곳곳에 흔적이 묻어있다. 숙제를 안 해 엄마에게 혼나 방에 들어가서 울던 중학생 성혁이가 생각나고 야자 끝난 늦은 밤 집으로 오던 고등학생 성혁이가 생각난다. 스물이라며 친구들과 술에 취해 들어오던 집 앞 골목 기억난다. 입대 전날 싱숭생숭한 마음으로 거실에서 새벽을 보내던 성혁이가 생각나고 군복무 중 처음 외출해 집에서 먹던 엄마가 해준 낙지볶음이 생각난다.

이제 이곳을 떠난다. 엄마와 아빠는 여전히 이곳에 있고 나는 떠난다. 새로운 집으로 간다. 홀로 선다. 독립한다. 아내와 같이 살 신혼집으로 간다. 설레지만 마음 아주 한편에는 먹먹함이 있다. 고향을 떠나는 일은 이런 일 이구나. 집을 떠나는 일이 전부 설레는 일은 아니구나. 새로운 시작, 신혼집으로 가는 일이 기대되고 떨리지만 이 먹먹한 마음도 잊을 수 없을 것 같다. 여기서 30년 넘게 살았다. 산 것이 아니고 자랐다.

어린 시절 동네에서 뛰어놀던 친구들이 생각난다. 서로 멀어진 지 오래다. 어떤 이유에서 멀어지는지 알 수 없다. 그때는 그랬다. 이사와 재개발, 전학과 진학 같은 것들로 이별이 자연스러운 시절이었다. 다 떠나고 동네에는 나만 남아있다. 내가 떠날 차례다. 그 친구들은 다 무엇을 하고 있을까. 가끔 그 친구들의 부모님을 본다. 젊었던 친구들의 부모님은 늙었다. 우리 엄마와 아빠도 늙었다.

이곳에 처음 왔을 때 엄마는 지금의 나보다 어렸다. 엄마와 아빠는 이곳에 왔을 때 어떤 기분이었을까. 떠나는 일 앞에서 남겨진 사람들을 본다. 이제 신혼을 시작하는 사내는 자식을 독립시키는 부모의 마음을 알 수 없다. 얼마나 깊은 흔적을 지켜봐야 할까. 신혼집에 가구 하나하나 가전 하나하나를 들여놓으며 엄마와 아빠가 이룬 우리 집을 생각한다. 그간 내가 살아온 공간은 엄마와 아빠의 고민으로 이루어져 있구나. 앞으로 내 인생에서 몇 번의 해를 보낼지 모르지만 30년을 넘게 한집에서 또 살 수도 있을까.

안녕, 영원한 나의 우리 집, 나의 태경빌라.

—

허무를 껴안을 용기

 함께 한 영화
나는 사랑과 시간과 죽음을 만났다, 데이빗 플랭크, 2016

송재은

이 책을 편집했다. 제목을 지었고, 손으로 썼다.

친절하고 싶지만 자주 실패한다.

그래도 바라는 것은 불친절한 세계에 일조하지 않기.

한 남자가 우체통에 세 통의 편지를 넣는다. 그 남자는 아들을 잃고 삶을 잃어버린 사람. 유일한 일과는 도미노를 세우고 허무하게 무너뜨리는 것. 그는 삶을 원망해서 사랑과 시간과 죽음에게 편지를 쓴다. 그를 지켜보던 친구들은 우체통에 들어간 편지를 손에 넣고는 연극배우 셋을 섭외한다. 그들은 곧 사랑과 시간과 죽음이다. 신의 모습을 한 사람들은 그 앞에 나타나 편지에 저마다의 답을 내놓는다. 무미건조한 나날을 이어가며 자신의 삶을 가라앉히려 애쓰던 그는 사랑과 시간과 죽음에게 온 감정을 일으켜 화를 쏟아낸다.

*

친구와 이십 년 가까이 함께 살던 강아지가 죽었다. 정말 가족의 일원으로 받아들여졌던 그 강아지의 유골함을 친구는 반년 동안 집에 가지고 있었다. 날이 좋지 않아서 아직 뿌려줄 수가 없다면서. 봄이 오고서야 유골을 뿌려주고 그 위에 나무를 심었다. 친구는 그 죽음 뒤에 다른 강아지를 입양할 수 있을지 모르겠다고 했다. 이전에는 강아지를 계속 키울 거라고 생각했는데, 가족이었던 아이를 보내고 다른 강아지를 이어서 기르는 일이 모순으로 느껴진다고 했다.

하루는 안락사를 앞둔 강아지 두 마리를 임시 보호하는 집주인이 2박 3일 출장을 가서 내가 그 아이들을 돌보러 짐을 싸 들고 그 집에 들어갔다. 강아지들이 물고 뜯은 것으로 지저분한 방바닥, 배변 패드가 있는 베란다에서 풍겨오는 꼬릿한 냄새, 나를 향한 무한한 신뢰의 눈빛과 격하게 흔들리는 꼬리(정확히는 엉덩이). 깨끗하고 조용한 고양이와 십 년 넘게 산 나에게는 익숙하지 않은 장면들. 지나치게 발랄한 딸 강아지에게 밀려 얌전한 엄마 강아지에 유난히 눈길이 더 간다. 강아지를 보며 생각했다. '내가 너를 우리 집으로 데리고 갈 수도 있을까.' 하지만 나는 그럴 수 없는 이유를 떠올린다.

우리 집에는 열 살이 훌쩍 넘은 고양이가 있다. 나도 네가 세상에서 사라진다면, 그래도 고양이와 계속 함께 살고 싶다고 생각했는데, 그건 이상한 생각인 걸까. 곱씹어 보니 그런 것 같기도 하다. 비워두고 간 자리는 얼마나 비워두어야 애도이고, 배려이며, 존중인 걸까. 그 두 가지는 별로 상관없는 일인가. 상실의 아픔은 얼마나 오래 가지고 살아도 될까. 이제는 그만 털고 일어나라는 말이 모두에게 필요한 답일까. 새로운 만남과 사랑이 찾아올 거라는 위로는 상처받은 사람에게 언제나 도움이 될 수 있는지 나는 이런 상실의 경험들 앞에서 종종 궁금해하고 걱정한다. 우리는 얼마나 더 많은 것을 잃게 될까. 잃는 데에는 한계가 없나, 슬픔에는 한계가 없나. 사랑하는 만큼 잃게 될 것이다. 사랑과 시간과 죽음에 책임을 물을 수도 있을까. 사랑이 나를 배신했다고, 시간이 나를 떠나갔다고, 죽음이 제멋대로 나를 찾아왔다고.

잃는 아픔이 두려워 사랑하기를 그만하는 마

음을 안다. 알 것 같다. 언젠가는 그 간절함이 만든 허상에 쫓겨 진짜 사랑을 잃기도 하고, 아직 받지 않은 상처의 깊이를 가늠하다 발을 담그기도 전에 지레 겁먹고 도망치기도 했다. 그것은 종종 사랑받지 못할까 봐, 결국 이별로 끝나고 말 것이기 때문에, 그런 시시한 이유로 예정된 시간보다 먼저 끝나곤 했다. 어째 사랑하는 마음은 성장하지를 않고 사랑한 만큼 겁이 많아지는 기분이 들었다. 사랑을 동경하면서 그 곁에 나란히 설 만큼의 용기를 내지 못해서 멀리 지켜만 보는 날이 길어졌다. 경험이 쌓여도 단단해질 수 없다는 게, 능숙해지지 않는다는 게 나를 지치게 해서, 사랑하지 않으면 상처받지 않을 거라고 생각하는 마음마저 익숙해졌다.

우리가 두려워하는 것은 무엇일까. 잃어버리는 것일까. 이미 겪어본 고통은 삶을 움츠러들게 한다. 상실을 모르던 나와 다르게 상실을 아는 나는 고통을 상상할 줄 알아서 그 기분을 더 이상 경험하고 싶지 않을 테니까. 하지만 이미 겪어본 기쁨은 어떤가. 지나친 고통에도 불구하고 다시 느껴보고 싶은 황홀함은 어떤가. 어쩌면 용기란 불의에 저항하는 것, 옳은 일을 위해 싸우는 것, 잘못을 인정하는 일에만 필요한 것은 아니다. 또다시 잃게 될지라도 기억하고 껴안고 싶어 하는 마음이 용기가 될 수도 있지 않을까.

*

사랑과 시간과 죽음을 만나기 전, 남자는 공든 탑이 우르르 쓰러지는 도미노로부터 허무를 자신의 것으로 만들려 했다. 불행하지 않은 대신 기쁨 또한 느끼지 않는 날들을 지키려 눈을 감고, 귀를 막고, 말을 아끼며 사랑이 될 수 있는 모든 것을 피한다. 항암치료는 암세포를 없애면서 정상세포를 함께 공격한다. 치아 신경치료는 신경을 치유하는 것이 아니라 신경을 제거해서 고통을 느끼지 않게 한다. 우리는 삶에서 고통만 제거할 수도, 기쁨만 선택할 수도 없다. 하지만 사랑은 그를 찾아가 당신이 나를 떠난 이유를 받아들일 수 없다고 항변하며, "우린 사랑하는 사람과 우리를 사랑해 줄 사람을 선택할 수 없기에, 사람은 살아 있는 동안은 사랑 앞에서 결국 무력한 존재다."라고 말한다.

영화의 원제는 'Collateral Beauty (부차적인 아름다움)'이다. 죽음의 말을 빌려 전하자면 '상실의 아픔을 겪으면 세상의 부차적인 아름다움이 보인다.'라는 것이다. 우리는 상실의 고통이 클수록 잃은 것이 얼마나 아름다웠는지 알게 된다. 든 자리는 몰라도 난 자리는 안다는 것처럼, 빈자리에 대한 실감으로부터 사랑의 크기를 가늠할 수 있다. 늘 당연하게 지나쳤던 그 길이, 그 마음이 얼마나 중요했는지 진정으로 느낄 수 있게 하는 것이 상실이다. '다시는'. 다시는 볼 수도 만질 수도 그 어떤 기회도 주어지지 않으리라는 것이 이별의 속성이다. 후회와 아쉬움은 아이러니하게도 지나친 아름다움을 깨닫게 한다.

그리하여 이 자리에서 나는 '지금이 아니면 언제' 사랑을 하겠어 인정하고 만다. 여태 시간은 늘 얼마나 충분했는지, 얼마나 많은 기회를 주고 기다려 줬는지. "네가 여기에서 징징대는 동안에도 난(시간) 선물을 주고 있는 거야. 그리고 넌 그걸 낭비하고 있잖아."라는 시간의 말로부터 나는 미래를 알고 있다. 또다시 당신을 잃고 울게 될 것이다. 하지만 그사이에, 또 그 너머에 사랑하는 내가 있다는 것 또한 안다. 삶은 한쪽에서는 사랑한 만큼 잃게 될 것이라고 겁을 주지만, 다른 한쪽에서는 영원하지 않아서 더 소중한 사랑을 하자고 시간을 선물한다. 어떤 말을 들을 것인지는 결국 내가 내릴 수 있는 최선의 선택일 뿐이다.

——

목걸이는 코트 주머니 구멍으로
빠졌던 것일지도

 함께 한 영화
로스트 인 파리, 도미니크 아벨, 피오나 고든, 2017

Ⓡ 슭
혼자이고 싶지만 혼자이고 싶지 않은 순간을 기록합니다.
하루의 대화가 부족하다고 느낄 때 글을 찾는 편입니다.
<에세이라니>(공저)를 썼습니다.

영화 <로스트 인 파리>는 잃어버릴 뻔한 편지가 주인공 피오나의 손에 쥐어지는 것으로 시작된다. 파리에 사는 이모의 편지를 받고 캐나다에서 파리로 간 그녀는 영화가 끝날 때까지 계속 무언가를 잃어버린다.

외할머니가 돌아가셨을 때의 상실감보다, 할머니의 목걸이를 잃어버린 사실이 더 슬펐다. 정확히는 목걸이의 행방을 엄마에게 말할 수 없었던 것이. 가끔가다 한 번씩 엄마가 목걸이를 찾을 때가 있었는데, "이상한 꿈을 꾸었어. 목걸이를 지니고 있으면 덜 불안할 것 같아." 그때마다 아직 풀지 않은 자취방 짐 속에 있다고 둘러대는 내가 한심했다. 그렇지만 엄마에게 실망감을 안기는 것보다는 훨씬 나은 선택이라 생각했다. 이미 예전에 없어졌다는 사실을 엄마가 모르기를 바랐다.

스무 살의 나는 자주 울었다. 대전과 서울을 오가던 대학 생활, 선배들과 살았던 기숙사, 학업과 아르바이트를 병행해야 했던 바쁜 일상을 겪으면서 생각만큼 일이 풀리지 않을 때 눈물이 났다. 그해 늦여름엔 서툴렀던 연애의 실패로 울었다.

"지금 잘하지 않아도 괜찮아. 공부도, 연애도 네가 애써온 거 알고 있어."

엄마는 나를 안아주는 대신 보석함을 열었다. 결혼 전 직장을 다니면서 스스로에게 선물했던 금팔찌와 외할머니가 자주 하시던 금으로 된 십자가 목걸이를 걸어주었다. 아주 어릴 적엔 엄마의 보석함을 열어보는 걸 좋아했다. 다이아몬드가 박힌 결혼반지, 빨간색 루비로 장식된 목걸이 세트, 여러 모양의 금귀걸이, 옥으로 장식된 반지 등을 걸쳐보고는, 어른이 되었을 때 하고 다닐 모습을 상상하곤 했다. 엄마가 물려줬으면 좋겠다고 생각하면서. 나를 설레게 했던 장신구들은 이제 대부분 사라지고 없다. 좀처럼 나아질 것 같지 않은 형편을 돌보기 위해, 엄마는 소중한 몇 가지만 남기고 나머지는 정리했다고 한다.

　　외할머니는 첫 기억에서부터 이미 편찮으셨다. 파킨슨병으로 합병증을 앓으면서 한쪽 손이 잘 펴지지 않았고, 거의 모든 언어를 상실하여 이따금 "염병", "우라질" 등의 단어를 구사할 뿐이었다. 할머니 거동을 돕는 것은 내 몫이었고, 조금더 커서는 식사를 챙겨드리는 것이 일상이었다. 할머니에게 응석을 부리기보다 돌봐 드려야 한다는 사실이 부담스러우면서도, 한편으론 마땅히 해야 할 일이라 여겼다. 부모님은 바빴고, 동생은 여섯 살이나 어렸으니까. 비록 우리가 나눈 대화는 없었지만 나는 할머니를 사랑했다. 아침마다 빗에 물을 묻혀 머리를 빗는 것과 청소기가 있는데도 방바닥을 쓸던 굽은 손을, 혼자 자기 무서워 할머니 방에 찾아가면 이불을 덮어주던 온기까지도.

　　목걸이를 언제 잃어버렸는지는 나도 잘 모르겠다. 할머니가 돌아가시고 몇 개월이 지나서야 이런 사실을 깨달았을 뿐. 뒤늦게 자취방을 샅샅이 뒤졌지만 어디에도 보이지 않았다. 한동안 낡

목걸이는 코트 주머니 구멍으로 빠졌던 것일지도　　　133

은 코트에서 목걸이를 발견하는 꿈을 꾸곤 했다. 그 뒤로도 여러 물건과 숱하게 이별했다. 주로 장우산, 지갑, 립스틱, 펜과 같은 것들이었다. 대부분 찾지 못하고 지금쯤 어디에 있을까 생각할 뿐이다. 최근에는 태블릿 펜을 잃어버렸다. 며칠에 걸쳐 방을 뒤진 결과 다행히 펜은 찾았지만 나름의 노력에도 매번 물건을 잃어버린다는 사실이 야속하게 느껴졌다.

어쩌면 인생은 잃어버림의 연속일지도 모르겠다. 복잡한 파리 한복판에서 유일하게 가지고 있던 여행 가방과 휴대전화를 잃어버린 채, 사라진 이모를 찾으러 다닌 피오나처럼 말이다. 운 좋게 잃어버린 물건이 나타난다 해도 이전과 같은 의미는 아닐 수 있다. 캐나다에서 가져온 스웨터가 파리에서는 필요가 없듯이.

"늘 한번 에펠탑에 올라와 보고 싶었어. 왜 진작 안 왔는지 모르겠구나."

"저도요."

러닝타임 내내 찾지 못했던 피오나의 이모는 에펠탑 꼭대기에 있었다. 캐나다를 떠나 원했던 파리에서 48년의 삶을 살았고, 마음 가는 대로 살기엔 나이가 들었다는 사회가 내린 정의에도 불구하고 양로원 직원의 눈을 피해 도망 다니던 늙은 무용수. 이모는 피오나에게 동경의 대상이자, 늦더라도 시도할 수 있다는 걸 알려준 존재였다. 설령 그것이 사라진 이모를 찾다가 불 꺼진 에펠탑에 가는 것이라 해도, 이모의 행적이 보이지 않는 꼭대기까지 올라간 것은 피오나 스스로 결정한 일이었다. 에펠탑 꼭대기에서 죽어가는 이모와 나란히 앉아있던 그녀는 무엇을 보았을까?

이별의 속성 중 하나는 '보는 것'이다. 이별한 후에야 비로소 보이는 것이 있다. 할머니가 남긴 목걸이는 사랑을 보게 했다. 나에게 그 목걸이는 엄마를 생각나게 하는 물건이었다. 그걸 지니고 있으면 언제든 엄마의 사랑을 느낄 수 있었다. 엄마도 목걸이를 통해 자신의 엄마를 떠올렸을까. 목걸이를 잃어버리면서, 엄마가 받아야 했을 위로를 상실했을지도 모른다는 생각이 들었다. "나는 이제 엄마도 아빠도 남아있지 않아."라고 말하는 엄마가 보였고, 그 외로움을 안아주고 싶어졌다. 엄마가 보석함을 열어주듯, 내가 할 수 있는 방법으로 사랑을 말하고 싶었다. 이제 내가 곁에 있음을 엄마가 알 수 있도록.

언젠가 사실은 목걸이를 잃어버렸다고, 정말 미안하다고 말한다면 괜찮다고 할 엄마의 얼굴이 떠오른다.

——

당신들이 떠난 세계에
한 권의 시집처럼 남아

함께 한 책
누구도 기억하지 않는 역에서, 허수경, 2006

이도형

세상에는 시가 되는 사람이 있어 시를 쓰는 사람이 되었
습니다. 가끔씩 멀리서 영화를 찍습니다.
<우리가 마주앉은 모든 곳이 간이역이어서>, <처음부터
끝까지 – 다 카포 알 피네>, <이야기와 가까운>, <오래된
사랑의 실체> 등을 썼습니다.

사람들은 떠난다. 나는 언제나 작별 인사를 준비할 시간이 부족하다고 느낀다. 한 시간 넘게 누군가와 같이 도시를 걷다가 어느 버스정류장에 도착해, 다시 버스를 십 분도 넘게 기다린 뒤 헤어져도 마찬가지다. 작별은 영원히 미완성의 상태로 남아 아쉬움의 창가를 흐린다.

처음이 명확하게 기억나는 사람이 있다. 혜화동 로터리의 동양서림 2층에는 위트앤시니컬이라는 시집 서점이 있는데, 그곳에서 우리는 허수경 시인이 쓴 시집들의 표지로 된 배지를 하나씩 골랐다. k는 침실 창문 아래에 유칼립투스 화분을 키웠는데, 그 사실을 알 수 있었던 건 배지를 고른 바로 그날부터 k와 내가 서로를 향해 빛을 보여주려 했기 때문이다. 마치 화분을 키우는 것처럼. 반대로 처음이 기억나지 않는 사람이 있다. 나는 언제부터 어머니와 아버지를 내 부모님으로 인지했는지 알지 못한다. 언제부터 그분들이 내게 헌신했던가? 언제부터 내가 그 버겁기도 한 사랑에 기대었던가? 또한 신주쿠의 한 옷 가게에서 푸른색 카디건과 은빛 치마 사이에서 고민하던 b와 언제부터 말을 놓았는지 기억나지 않는다. 누가 먼저 말을 편하게 했는지 모르겠지만, 내게 남은 사진은 b가 푸른색 카디건을 입고 어느 골목의 철로 앞에서 활짝 웃고 있는 모습을 담고 있다.

마찬가지로 어떤 책은 어디서 어떻게 만났는지 정확하게 기억한다. 8년 전, 광주터미널에서 해남으로 가는 버스를 기다리며 잠시 들어간 책방에서 케루악의 소설 <길 위에서>의 후반부를 샀다. 땅끝마을에 도착해 해변을 걷다가 가까이서 반짝이는 섬들을 보며 책을 읽었던 기억이 난다. 하지만 어떤 책은 대체 언제부터 삶의 한구석을 차지하고선 쌓인 먼지를 뱉어내고 있는지 알 수 없다. 허수경 시인의 <누구도 기억하지 않는 역에서>를 언제 처음 읽었는지 나는 기억하지 못한다.

혼자 남은 마음에게

도서관 1층의 빛이 들어오는 창가에서 그 시집을 읽었던 것 같기도 하고, c의 집에서 깨어나 잠든 c 옆에서 조용히 페이지를 쓸어보았던 것도 같고, 서울을 떠나는 많은 인파 속에서 시집을 지팡이처럼 붙잡았던 것 같기도 하다. 이 어렴풋한 장면들이 진짜인지 가짜인지 나는 정말로 알지 못한다.

이처럼 출발선이 보이는 사랑이 있는 반면에, 나도 모르는 사이 동행자가 된 사랑도 있다. 내게 b나 허수경 시인의 시집은 후자이다. 그들은 고요히 옆에 앉아 위로를 건넸다. 소중한 사람을 영영 떠나보내고 스스로를 먼 바닷가 마을로 유폐시킨 때가 있다. 어느 여름날, 해변의 벤치에 앉아 석양을 보면서 <누구도 기억하지 않는 역에서>를 꺼내 읽었다. '수박'이라는 시를 읽다 나는 조용히 울었다.

아직도 둥근 것을 보면 아파요
둥근 적이 없었던 청춘이 문득 돌아오다 길 잃은 것처럼 때로는 어떤 명확한 사실만이 사람에게 남는다. 그 사실이 풍화되는 시간을 살아갈 수밖에 없을 때도 있다. 시간이 지난 이후에야 그 사실을 조금은 편하게 쓰다듬을 수 있게 되는 것이다. 한 사람이 떠나간 뒤엔 한 사람이 떠나갔다는 사실이 남는다. 작별 뒤에도 작별이 남아있다는 사실, 내가 함께 떠나지 않고 지금 어딘가에 남아 있다는 사실을 거듭 깨달으며 사람은 살아간다.

그리하여 내게 남은 사실은 나도 모르게 소중해진 한 권의 시집과 시집에 대한 기억을 내가 거듭 잃어버리고 잊어버려도 다시 거듭 읽어왔다는 것이다. <누구도 기억하지 않는 역에서>를 읽고 난 뒤부터 나는 허수경 시인의 모든 시집을 하나씩 구해 읽었다. 그 시집들과 함께 여행한 세계의 장면들이 곳곳에 있고, 그 시집들을 함께 여행한 사람들과 고독들이 가슴 속에 무수하다. 나는 허수경 시인의 시집을 몇 번이나 샀다. 선물하고, 빌려주고, 빌려준 걸 잊어버리고, 여기저기에 두고 오고 다시 시집을 구했다. 영월에서 제주에서 책 속의 시를 소리 내어 읽었다. 때로는 사람들 곁에서, 때로는 혼자서. 당신의 시를 누군가에게 빌려주는 일이 그렇게 기뻤고, 빌려주고선 돌려달라는 말도 잘 하지 않았다. 같은 시집을 곳곳의 서점에서 살 때면 매번 뿌듯했다. 당신의 시를 공책에, 엽서에, 냅킨에 써서 지금은 기억하지 못하는 누군가에게 전하곤 했다. 취해서 걸려 온 전화에 당신의 시로 대답하기도 했고, 전화 너머의 사람들에게 당신의 시로 울기도 했다.

혜화동 로터리를 지나가면 가끔 생각나는 k에게도, 호스피스 병실에서 잠든 아버지의 곁에서도, 사랑하는 사람이 생겼다면서 전화가 온 b에게도, 선생님이 되어 산속 마을로 간 c에게도 허수경 시인의 시를 읽어주었었다. 우리가 함께 당신의 시집을 펼쳐본 시간이 존재했다고 말하는 것이 더 정확하겠다. 이 이야기들을 우리 둘이서만 알고 있는 건 아까워. 언젠가 내게 해준 이야기들을 다른 사람들에게도 들려줬으면 좋겠어. 커튼을 쳐서 더욱 어두운 밤, 곁에 나란히 누운 한 사람이 내게 말했다. 그때 당신은 이별 이후를 예정한 것이 아니라, 순수한 마음으로 한 권의 사람이 책장에서 꺼내지길 기원한 것이다, 라고 나는 지금 쓴다.

당신들은 왜 떠나갈까, 라는 질문에 고립된 적도 있다. 선한 사람을 앗아가는 세계는 선하지 않다고도 믿어버린다. k와 헤어지고 울면서 지하철을 타고 집으로 돌아가기도 했고, b가 떠나간 정류장에 몇 시간이고 남아있기도 했다. 웃고 있는 누군가의 사진을 장례식장에서 보는 일은 다시는 겪고 싶지 않다. 하지만 우리가 닿아버렸기에, 어느 날 아무런 예고 없이 서로가 떨어져 버릴 수도 있다는 사실을 인정할 수밖에 없다. 작별의 논리는 사랑의 논리만큼 비논리적이기도 하다는 것을 이제 조금 안다. 그 앎은 체화된다.

당신들이 떠나가고 나는 작별에 체화된 몸을 이끌고 종종 먼 산속으로 바닷가로 향했다. 먼 곳에서도 아직 멀어지지 않은 당신들이 불쑥불쑥 발견됐다. 그럴 때면 나무 아래서, 모래사장에서, 침대 머리맡의 조명 아래서 허수경 시인의 글들을 읽었다. 정말로 내게 남은 건 우리가 함께 펼쳤던 시집뿐이었으므로. 시집에 담긴 지난 시간을 복원해 보기도 하고, 새로운 감정으로 덧칠해 보기도 했는데, 어떨 때는 시 스스로가 옷을 갈아입고 이별 이후의 하루로 손잡고 이끌어 가기도 했다. 그러던 어느 날 시인마저 세상을 떠난다.

나는 지금 이 작별의 연쇄에 정말로 할 수 있는 말이 없다. 서로의 장례식장에서 함께 울었던 h는 또 다른 장례식장에 다녀온 나를 안아주면서 말했다. 해 줄 수 있는 말이 없구나. 나도 그 말에 답할 말이 없었다. 서로를 안고 있을 수밖에 없던 순간이 지나갔다. 언젠가 당신에게 참 감사했다고 직접 말하고 싶었다. 당신의 시로 내가 살아간 시간이 있다고. 당신의 시로 내가 사랑한 적이 있다고. 당신의 시가 있어 내가 소중한 사람들과 함께 펼친 밤들과 빛들이 많았다고. 그 소중했던 사람들이 떠나가도 당신의 시는 여전히 남아 있었다고. 그 시들은 왠지 모르게 시들시들해지지 않고 눈물과 미소를 여전히 펼쳐 보였다고. 그래서 나도 작별에 관해 쓸 수 있었다고. 그리하여 새로 만난 사람들에게, 여전히 남아있는 사람들에게 다시 당신의 시와 내가 쓴 시를 들려줄 수 있었다고. 그렇게 살아왔다고. 하지만 이제 나는 영영 이 말들을 당신에게 할 수 없다. 그래서 쓴다.

떠나간 누군가는 지금도 같은 도시에서 살고 있다. 다른 누군가는 먼 곳에서 내가 알지 못하는 사랑을 하고 있을 것이다. 내가 살아있는 동안은 영원히 볼 수 없게 된 사람들은 지금 어떤 책을 펼치고 어떤 문장을 써보고 있을까. 당신들이 떠난 세계에 나는 한 권의 시집처럼 남아 시처럼 막연하고 가슴 찡한 추억과 질문을 되풀이해 본다. 그러던 어느 날 나는 친구와 함께 짧은 영화를 찍게 된다. 유족의 허락을 구하고 <누구도 기억하지 않는 역에서>에 실린 '레몬'이라는 시를 각색하여. 그 시는 이렇게 끝난다.

당신 보고 싶다, 라는 아주 짤막한 생애의 편지만을 자연에게 띄우고 싶던 여름이었다

혼자 남은 마음에게

팔레트

🎧 함께 한 음악
내 곁에서 떠나가지 말아요, 빛과 소금, 1991

⊗ **박수진**
아침에 수영을 하고 밤에 글을 씁니다.
때마다 곁에 들렀다 가는 것들을 성실하게 사랑하고
싶습니다.

나의 오른쪽 세 번째 손가락은 바깥을 향해 휘어있다. 다 커서는 펜을 꽉 쥐어 잡을 일이 드물어 굳은살은 줄어들었지만, 오른손을 쭉 펴면 중지 일부가 약지 아래로 그 모습을 숨길 정도로 돌아간 형태다. 거기에 따라 중지 손톱 모양도 비대칭이다. 돌잡이 때 공부를 뜻하는 연필을 잡았다고 한다. 태어난 지 갓 한 해를 맞이한 딸의 선택에 가족들은 어떤 의미 부여를 했을까. 그런 딸을 보며 잘한다 잘한다 박수 쳤을 부모님은 나의 운명을 예상했을까. 그들이 쳤던 박수와 상관없이 내 기억으로 되짚어 볼 수 있을 정도의 어린 시절부터 나는 그림을 그리기 위해 연필을 잡았을 것이라 여겼다. 만화영화를 챙겨 보며 꼭 따라 그렸고, 크레파스로 손잡이 달린 8절 스케치북에 무언가를 꽉꽉 채워 그린 그 작은 세상에 사로잡혔다. 윗

집에는 언니가 둘 살았다. 언니들이 함께 쓰는 방에는 책장에 만화잡지나 그림책이 가득했다. 아직 내가 이용하기에 적합하지 않은 연령대의 책이었지만, 언니네 집에 놀러 갈 때면 몇 시간이고 그 방에 앉아 이런저런 책들을 들여다보았다.

여섯 살이 되던 해, 엄마와 오일장에 다녀오던 날이었다. 양산 아래 엄마에게 꼭 붙어 뜨거운 볕을 겨우 피하며 걷다가 골목길에 새로 생긴 미술학원 앞에서 발걸음을 멈췄다. 당시에 내가 자란 시골 동네에는 미술만 집중적으로 가르치는 전문 학원보다 다른 교육을 병행하는 보습학원이 더 많았다. 어쩐지 나는 그 안이 궁금했다. 엄마도 내게 들어가 보고 싶냐고 물었다. 저는 그림 그리는 걸 좋아해요. 우리 딸은 그림에 소질이 있어. 그때는 나도 엄마도 알았다. 땀에 절어 이마에 붙어 있던 곱슬머리가 휘날리도록 세차게 고개를 끄덕였던 순간이 지금도 우리 둘의 기억 속에 어렴풋이 남아있는 걸 보면. 그 해 나는 다니던 유치원을 그만두고 미술 학원에 다니기 시작했다.

어린이는 성인보다 손의 근육이 약하다. 그래서 섬세한 힘 조절을 요구하는 붓 대신, 색연필이나 크레파스를 활용하는 시간이 많았다. 밑그림을 그리고 색연필과 크레파스로 중요한 대상들을 색칠하고 외적인 배경이나 넓은 면적은 물감으로 채웠다. 그맘때 어린 우리는 두유 빛 플라스틱 팔레트를 썼다. 나는 어쩐지 그 팔레트가 장난감처럼 느껴지기도 했는데, 아마 어린이들이 쓰기 좋게 날카로운 부분이 적어 여닫기 안전하고 소지하기에도 가벼웠기 때문일 것이다. 나는 검은색 알루미늄 팔레트가 갖고 싶었다. 좀처럼 무언가를 갖고 싶다 떼써본 적 없었지만 그 팔레트만큼은 서둘러 품에 안고 싶었다. 유리 벽 너머 우뚝 솟은 나무 이젤들이 만든 숲. 형형색색 물든 앞치마를 하고 그 앞에 앉아있는 이들의 뒷모습. 여유롭고 고고한 손짓으로 리듬감 있게 터치하곤, 플라스틱 양동이 벽에 붓을 턱턱 부딪혀가며 재빠르게 첨벙첨벙. 어린 내 눈에 그들은 마치 호수 위에 떠있는 백조 같았다. 쉬는 시간이 되면 언니 오빠들 반으로 건너가 내 키만 한 이젤 뒤에 서서 그들의 손짓을 수줍게 흘끔거리곤 했다. 그때 그들의 손에 들려있던 반짝반짝한 그것. 이젤 앞에 앉아 왼손에 그 팔레트를 끼고 오른손에 붓을 든 모습을 상상만 해도, 아직 십 년은 더 자라야 할 키가 순식간에 한 뼘은 훌쩍 자랄 수 있을 것 같았다.

아홉 살이 되자 드디어 그 팔레트를 손에 넣을 수 있었다. 때가 되면 칸칸이 짜 넣어 말린 물감들이 바닥을 드러낸다. 거기에 켜켜이 새로 물감을 짜 올려 그늘에 말린다. 팔레트를 본격적으로 쓰게 되면 주기적으로 의식처럼 치르는 행위다. 그런 의식이 한 겹, 두 겹 쌓이고 쌓여 팔레트와나, 도화지 사이에 어떤 나이테가 생기기 시작했다. 팔레트와 손을 잡고 수채화의 세계로 입장했을 무렵부터 그림은 어린 나의 인생에 크고 작은성취를 가져다주었다. 교내외에서 하는 사생대회에 빠지지 않고 참여했던 것은 물론이거니와, 어느 순간부터는 굳이 내 의사를 밝히지 않아도 참가자 명단에 학교 대표로 무조건 이름이 올랐다.

매년 교실 뒤 환경 미화 게시판을 꾸밀 때도 빠지지 않고 참여했다. 미술 시간을 가장 좋아했고, 선생님 말씀에 따라 친구들이 그림을 완성하는 걸 옆에서 도왔다. 좋아하는 일이 곧 하고 싶은 일, 하고 싶은 일이 곧 좋아하는 일. 어린 날 손에 그러쥔 인생은 퍽 달콤했다. 미술학원 원장님은 이대로라면 예술고등학교에 진학해도 충분하다고 했다. 열두 살이 되자 야간자율학습 대신 미술 학원으로 오는 나보다 예닐곱은 많은 언니들 옆에 나란히 앉아 그림을 그렸다. 언니들이 하교하고 학원에 와 이젤과 화판을 세우고 각자의 자리를 준비하면 여섯 시부터 학원 스피커로 배철수의 음악 캠프가 흘러나왔다.

가끔 어떤 노래를 무심코 흥얼거리다 보면 부모님은 애늙은이도 아니고 네가 도대체 그 가수를 어떻게 아느냐 물어보신다. 내가 태어나기 이전 데뷔한 가수들, 혹은 태어났을 즈음에 발표된 음악들. 모두 미술 학원에서 알게 되었다. 초저녁 수채화처럼 투명한 노을빛이 창을 통과해 들어오면, 몇 가지 소리만이 미술학원의 적막을 가득 채웠다. 여기저기 종이 위로 연필이 사각거리는 소리와 팔레트나 플라스틱 양동이에 붓이 부딪히는 소리. 라디오에서 흘러나오는 DJ목소리와 오래된 가수들의 오래된 노래들. 그중에서도 <내 곁에서 떠나가지 말아요>를 부른 빛과 소금을 가장 좋아했다. 어쩜, 이름이 빛과 소금일 수 있단 말인가. 딱히 종교가 있었던 것도 아닌데 그 이름을 배철수 DJ목소리로 듣는 순간 생경하고 동시에 마음이 간질거렸다. 그림과 음악이 함께 하는 해 질 녘 일상은 지금의 나를 만드는 데 일조했다. 음악은 그림이 연결해 준 또 다른 사랑이었다. 몰입과 음악이 함께하는 시간. 그 후로 나는 라디오를 사랑했고, 머리맡에 카세트와 나란히 누워 이소라의 음악도시를 자장가 삼아 잠들곤 했다. 젊은 날 엄마의 취향이 수집된 상자를 몰래 열어 노래 모음집 테이프와 작은이모가 구해다 준 마이마이 카세트를 책가방에 챙겼다. 카세트 재생 버튼을 누르고 이어폰을 꽂고 이젤 앞에 앉아있는 시간도 늘어 갔다.

인생에 사랑하는 것들이 품에 다 안을 수 없을 만큼 넘쳐흐르면 때면 손에 쥘 수 있을만큼 몇 가지로 추렸고, 거기에 음악은 물론 팔레트도 늘 빠지지 않았다. 수채화를 애정한 이유는 그 팔레트가 나의 분신이자 역사였기 때문이었다. 십 년 동안 수백 번 물감을 덧칠하며 겹겹이 물이 들고 또 들고 본래의 하얀 부분이라곤 찾아볼 수 없는 팔레트가 되었지만, 내 인생에서 가장 오랜 시간을 함께한 물건이었다. 붓에 머금은 물로 물감의 양을 조절하고 종이에 겹겹이 쌓아 올리는 색, 그 위에 조금 더 짙은 색, 그 위에 더더욱 짙은 색. 차곡차곡 색을 올리며 투명하게 또는 탁하게 표현하고자 하는 정도를 조절한다. 물의 양을 잘못 조절하면 붓 터치 한 번으로도 그림이 마치 눈물 한 방울 흘린 것처럼 물감 한 줄기가 주르륵 흘러내린다. 그러면 재빠르게 붓을 빨아 깔끔한 상태로 만든 뒤 흐른 물감을 조금씩 훔쳐낸다. 색이 짙은 물감이었을 때는 어쩔 수 없이 흔적이 남는다. 손이 느린 나는 그 수습 과정에 서툴러서 그림에 흔적을 남길 때가 잦았다. 노래를 들으며 흥얼거리다 보면 종이에 금세 스며들어 타이밍을 놓치기도 했다. 아무리 다른 붓 터치를 겹겹이 올린다 한들 자세히 들여다보면 종이 가장 가까운 면에 흔적이 남아있었다.

예술계와 인문계 사이에서 고민하다가 인문계 고등학교에 진학하며 자연스레 미술학원을 그만두게 됐다. 자연스레라는 표현도 지금 쓰고 보니 씁쓸하다. 운명이 뭔지도 모를 시절부터 열렬히 운명이라 느꼈던 것과의 서서히 이별. 아주 오랫동안 그림은 종이에 흘러내린 그 물감 한 줄기처럼 내 안에 남아있었다. 공부를 애매하게 잘하지 않았더라면, 내가 그림에 좀 더 확신이 있었다면, 엄마가 그런 나를 조금 더 이해해 줬더라면. 아무리 다른 것들로 덮어보려 해도 나의 본질 가장 가까운 부분에 닿았다가 흘러내린 흔적. 그 한 줄기를 떠올릴 때마다 종이에 흐른 물감이 눈물 같다 생각했던 어린 날이 떠올랐다. 빛과 소금의 노래를 들을 때마다 방구석 어딘가에서 팔레트도 울고 나도 울었다. 속이 울렁거렸다. 지금까지와는 다르게 어딘가 고장 난 것처럼 인생이 흘러가기 시작했다. 몸과 마음이 자주 아팠고 고등학교에 입학하고 일 년 만에 교복을 새로 맞춰야 할 정도로 살이 빠졌다. 세월이 흐르고 많은 용품을 정리했지만 마지막까지 팔레트만큼은 버릴 수 없었다. 그것만은 삶에서 사라지는 것을 상상해 보지 않았다. 자주 들여다보지는 못해도 화구 가방에 그 팔레트가 남아있다는 걸 위로 삼은 나날이었다. 단 한 번도 그 팔레트와 제대로 된 안녕이라 결심해 본 적이 없다. 언제든 마음만 먹으면 다시 펼칠 수 있겠지. 뒤돌아보면 어디 도망치지 않고 그 자리에 있어 줄 거라고. 꿈도 빛이 들지 않는 곳에 방치하면 낡고 삭는다는 사실을 애써 외면한 채 그저 앞만 보고 걸어갔다. 잃은 기억이 훨씬 더 많아졌다. 수채화를 비롯해, 정물화, 크로키, 데생 등 어떤 배움은 선생님의 목소리가 떠오르지 않았다. 손에 감각만이 남았다. 습관은 우리를 감각의 동물로 만든다. 과거부터 몸에 밴 습관은 더욱이 그렇다. 빛이 어디서 들어와 어디로 그림자가 지는지, 사람 몸의 구조나 사물의 크기. 눈으로 어림잡아도 공간감만이 남았다. 오랜 인연에 이별을 고할 용기가 없었다. 그래서 나는 좌절이라는 단어로 연명하며 그 앞에서 작아지고 겁을 냈다. 수능을 망치고 스무 살이 되면 하고 싶은 일을 하겠다며 악을 쓰고 엄마와 싸웠던 날, 창밖으로 던져버린 화구 가방 속 찌그러진 팔레트를 마주하곤 나는 눈물 한 방울도 흘리지 못했다. 30년 가까이 살던 집에서 새 둥지로 이사를 앞둔 어느 날, 오래된 짐을 정리하던 엄마에게 전화가 왔다.

"딸, 화구 가방 어떻게 할까?"

"아, 그거. 음."

"여기 그 팔레트도 있네."

"그거 이제 정리하자."

크리스마스이브엔 갑자기 눈이 펑펑 와 하늘길이 막히는 바람에 만나기로 했던 육지 친구들과의 약속이 고꾸라졌다. 카페에 앉아 나무 창문 틈으로 휑하고 들어오는 찬바람에 시린 손가락을 호호 불어가며 한참이나 무언가를 적었다. 집에 돌아가는 버스, 여전히 창밖에는 눈이 내린다. 라디오에서 리메이크된 빛과 소금의 노래가 흘러나왔다.

　나약한 내가 뭘 할 수 있을까 생각을 해봐, 그대가 내게 전부였었는데.

　나는 바로 하차 버튼을 누르고 눈길을 살살 걸어 온 길을 되돌아갔다. 그 카페를 자주 들렀던 이유는 바로 근처에 화방이 있기 때문이다.

　"제가 너무 오랜만에 그림을 그리는 거라서요. 너무 크면 좀 무서울 것 같아요. 작은 종이요. 아, 이것보다 더 작아도 괜찮을 것 같아요."

　화방에 들러 종이와 물감, 더도 말도 덜도 말고 손바닥만 한 팔레트를 샀다. 새해가 오면 꼭 점이라도 하나 찍어야지. 점 하나 찍어보면 점과 점이 모여 선이 되고, 그 선과 선이 모여 면이 되겠지. 그렇게 한 발자국 내디딜 수 있겠지. 그리고 나는 또다시 점 하나 찍지 못한 채 여름의 허리까지 왔다. 서랍을 열 때마다 비닐도 벗기지 못한 새 팔레트를 눈으로 더듬어본다. 더는 소식 알 길이 없지만 그저 어딘가에 문득 잘 살아있으면 싶은 나의 보물 1호, 나의 옛 사랑. 어디론가 사라졌을지 모를 그를 떠올리다 엉엉 우는 날도 잦아들 테지만, 알량하고 비겁한 미련은 언제까지고 이 반복을 멈추지 못할지도 모른다고 생각했다. 이제 그 낡은 팔레트 없이 살아온 세월이 함께했던 시절의 두 배를 훌쩍 넘었다. 팔레트가 내 인생에 들렀다 간 자리가 너무 크고 소중했다. 어쩌면 아무리 메워도 메워질 수 없는 그 구멍에 새로운 사랑과 취향을 채우며, 가끔은 자잘하게 남은 미련을 뜯어먹으며 남은 생을 찬찬히 걸어가 보기로 한다.

이제 와서 다시 어쩌려나, 슬픈 마음도 이젠 소용없네.

—

종점, 이별의 로터리

함께 한 책
여름의 사실, 전욱진, 2022

오종길
일인 출판사 '시절'을 운영 중이다.
<지구과학을 사랑해>, <DIVE>, <무화과와 리슬링> 등
을 썼다.

서울 생활 10년 차에 접어들었다. 2년 주기로 계약이 만료할 때마다 이사를 했고, 지금은 다섯 번째 집에 살고 있다. 2년마다 발품을 팔아 적당한 집을 찾아야 하거나 이삿짐을 꾸리고 다시 푸는 일이 번거롭냐 묻는다면 그렇지 않다. 이사 같은 건 하지 않아도 되는 영원한 보금자리를 바라진 않는다. 그렇다면 문제 될 게 없는가. 이사를 할 때면 이상하게도 버려야 할 물건이 많다는 게 문제라면 문제. 고작 2년인데, 쓰레기를 모아 두고 살았던 것도 아닌데 왜 이렇게 버리지 못한 게 많은지. 저 많은 물건에 무슨 미련이 남았던 건지 참. 때마다 이삿짐을 싸는 데 며칠씩이나 걸린 건 잊고 있던 편지를 발견하고 괜한 책도 펼쳐 몇 장 읽어보고 그간 만나온 인연과 이별한 이들을 떠올려 보느라 늑장을 부린 탓이다. 이대로라면 영영 끝나지 않을 테니 정신 차리고 짐 정리를 해야 한다. 버릴 것을 추리자고 다짐해 보지만, 고민의 굴레에 빠진다. 목이 늘어난 티셔츠는 여행지에서 기념으로 샀던 건데, 보라색 신발은 선물 받은 거고. 코팅이 벗겨졌지만 나름 쓸만한 프라이팬은 친구가 결혼하기 전에 준 거라 아깝고, 전공 교재는 대학 시절을 담고 있으니 차마 버리지 못한다. 그렇게 나는 또 잊고 있던 조각을 찾으면서 추억 여행에 흠뻑 빠져들고 만다.

　여차저차 이사를 와서는 박스에 담았던 물건과 마음을 다시 꺼내어 정돈하는 일이 필수다. 먼지를 닦아 차곡차곡 책장과 서랍에 가지런히 놓으면 그대로인 것들을 두 눈으로 확인할 수 있었다. 아직은 이별하지 않아도 될 물건과 마음과 사람과 사건들. 버리지 않았음에 다행이라 생각한다. 하루가 고단할 때, 삶이 무용하다 싶을 때 꺼내볼 수 있겠지. 아무런 존재감 없이 우리 집에 놓여있겠지만 언제든 나와 함께해 주겠지. 우리는 고여 있는 시절과 흘러가는 시간이 뒤섞인 삶을 살아간다. 엉켜버린 채라도 어쩌겠는가. 영원의 안식처는 없어도 어둠 속에서 의지할 작은 빛이 있으니 다행인 거지.

이사를 하고 터전을 잡은 동네마다 단골이 되는 카페가 생겼다. 대체로 집과 멀지 않으면서 소란하지 않은. 해방촌 끝자락에 자리한 우리 집 맞은편 카페가 요즘 자주 찾는 곳이다. 늦은 오전 카페에 앉아 하루를 시작한다. 글밥 먹고 사는 입장이니 마땅한 카페는 내게 필수고, 주업무라 함은 글쓰기와 책 읽기. 청탁받은 원고가 있으면 마감에 맞춰 글을 써야 하고, 그렇지 않다면 무엇이건 글을 쓴다. 하지만 내게 글쓰기란 자주 길을 잃고 방황하는 과정과도 같아 어디서 어디로 흘러가는지 모른 채 쓰기 일쑤였다. 쓰고 지우기를 반복해 보지만 출발 지점으로 돌아가 시작할 수 있다기보다는 여러 갈래로 길을 낸 바람에 미로에 갇힌 처지였다. 그럴 땐 잠시 쓰는 행위를 멈추고 책을 꺼낸다. 우리 집에서 가장 많은 공간을 차지하는 책들 사이에서 골라온 한두 권의 책. 작가들의 문장은 여러모로 좋은 방안이 된다. 막힌 길을 뚫기도, 이전에 없던 문을 열어주기도 하는데, 무엇보다 나조차 명확히 알 수 없던 내 마음을 그들은 어루만져 준다. 기쁨이 차고 넘치는 이야기를 만나고, 내 것 아닌 타인의 슬픔에 눈시울을 붉히기도 한다. 책 속의 단어와 문장, 쉼표와 여백까지 꼭 내 맘 같아서 페이지를 넘기며 글자들만 읽어도 사방이 따뜻해지는 기분. 다시 쓸 수 있겠단 용기가 뒤따라와 빈 화면을 마주하고 한때 사랑했던 사람과 순간을 문장으로 남기거나 여전히 소중하게 여기는 것들을 잊지 않기 위해 메모했다. 그러다 보면 혼자라고 생각했던 때 곁에 있어 준 이들의 눈빛이 되살아나곤 했다. 분명 내가 경험한 일인데, 알고 보면 속에 고이 담겨있던 감정인데 새삼스레 그것들을 마주한 것이다. 이렇게 미련 없이 버리지 못해 잔재하는 과거의 흔적들이 글의 토양이 되고 양분이 된다.

다만 나를 뚫고서 지나간 것

그게 무엇이었는지 알고 싶었다

나를 뚫고 간 것. 내가 겪은 일이 나를 이루는 이치. 지난봄을 떠올릴 수밖에 없다. 3월에 나는 아버지와 이별했다. 어느 날 갑자기 아무런 예고도 없이 우리에게 벌어진 일이었다. 그날 저녁 엄마에게서 걸려 온 전화 한 통은 내 세상을 송두리째 뽑아 뒤흔들고 내팽개쳤다. 한동안은 상실감에 젖어 앓는 날이 이어졌다. 그러는 사이에도 하루하루가 계속 흘렀다. 바닥에 주저앉아 밤새 울고 아침이 밝으면 찬물에 세수를 한 뒤 내게 주어진 삶을 살아냈다. 아주 무너질 순 없는 노릇이니까. 그러던 7월의 어느 날 꿈에서 아버지를 만났다. 엄마는 꿈에서 아버지를 여러 번 만났다고 했는데 내 꿈엔 통 소식이 없던 그가 꿈에 찾아와 깨기 직전에 나를 안아주었다. 작별을 고하려던 건지도 모르겠다. 아빠의 품에 안겨 무슨 말을 나눴는지, 어떤 기분이었는지는 기억에 없지만 너무나도 포근한 아침을 맞이할 수 있었다. 그 감각을 기억하고 싶어서 이불 속에 웅크린 채로 해가 뜨고도 한참 동안을 누워있었다. 몸을 잔뜩 옹송그린 채로 잠들던 나는 과거에 있다. 내 생활은 차츰 이전으로 돌아가고 있으니까. 하나 이전의 생활이란 게 이별하기 이전의 삶인지, 이별한 당시인지 헷갈린다. 5월쯤 초여름인지, 아버지와 함께하던 2월인지, 작년이나 20대, 혹은 유년인지. 나는 어제의 나와 완전하게 이별한 것일까. 그렇지 않다. 아직도 나는 아버지가 그리워 사무치는 밤을 보낸다. 이미 지나갔는데도 내 마음을 계속해서 흔드는 무엇이 있다.

종종 마트 앞에서 가두판매 하는 각종 채소와 과일들을 보면 어김없이 아버지를 떠올린다. 농사꾼이던 나의 아버지는 흙냄새를 풍기는 사람이었기 때문이다. 산 중턱에서 들판에서 그는 얼마나 오랜 시간 뜨거운 햇볕 아래에 선 채 땀 흘리며 일했을까. 또 얼마나 순식간에 차게 식었고. 온갖 것에서 그의 얼굴과 냄새가, 흔적이 떠오르건만, 다스한 온기와 생생한 감촉이 남았건만. 연연

한 마음을 그치지 못한 내가 못내 미련하게 느껴지기도 한다. 하지만 시인의 말처럼 꿈에서 아버지를 만난 나는 분명 기뻤다.

> 가만하게 몸만 웅크리고 계시던
> 오늘 아침 나의 아버지를 보면서
> 그 피가 내 안에도 흐른다는 사실과
> 아버지가 아버지를 낳았다는 사실이
> 오늘 나는 기쁘다

아버지는 내게 큰 슬픔이지만 기쁨의 원천이기도 하다. 지금의 나는 아버지와 아주 결별하였다고 생각하지 않는다. 쉽게 떠나보내지 못하는 성정 탓으로 스스로를 원망하는 순간도 있겠지만 그 덕에 마련한 서랍과 책장에, 주머니와 이불 속, 노트에 고이 간직해 둘 게 분명하다. 오래도록 그를 추억하고 그러다 아파하고 그럼에도 기뻐할 것이다. 보이지 않아도 나를 지나 멀리 가지 않았다고 믿는다. 만져지지 않아도 느낄 수 있음을 안다.

우리 집과 멀지 않은 곳에는 해방촌과 후암동을 잇는 108계단이 있다. 108계단 위에 서서 내려다보면 후암동 종점, 로터리가 보인다. 그런데 후암동 종점은 대개의 종점과 달리 차고지가 아니다. 로터리를 차들이 돌고 있다. 멈추지 않고 이어지는 곳, 끝이라고 생각한 곳에서 다시 시작하는 이야기. 버리지 못한 물건은 여전히 많지만 어쩌면 버리지 않아도 되는 건 아닐까. 버리지 못해 쌓아둔 게 아니라, 버리지 않은 것들로 인해 연명하는 순간과 시절을 부정할 수 없다. 이별, 사건 이후에 남겨둘 수 있는 무엇이라니 다행이지 않나. 이가 빠진 접시나 뒤꿈치가 헤진 양말, 첫 책의 가제본과 미완의 문장으로 가득한 노트, 그리고 아빠와 함께 찍은 가족사진 같은. 언젠가 이들과 이별할 수 있는 날이 온다면, 잘 떠나보낼 수 있게 된다면 다른 선택을 하게 될지도 모르지만 지금의 나는 그들과 같이 살아간다. 그날이 올 때까지 무심하게 버리지 않고 잘 닦아 챙겨두어야지, 잃어버리지 않도록 자주 들여다보고 정성껏 매만져야지, 다짐해 본다.

4

당신으로부터 배운 것

나의 연애 남의 연애 | 고은지

다시 사랑할 수 있을까 | 석영

얘기하고 싶어. 하지 않았지만. | 여림

남아버린 마음은 새순이 되는 것일지도 몰라 | 포노포노

―

나의 연애 남의 연애

 함께 한 영화
꽃다발 같은 사랑을 했다, 도이 노부히로 감독, 2021

고은지

게으른데 부지런하고, 사람을 제일 싫어하면서 사람을 제일 믿는 사람입니다. '잠들기 전 하루를 돌아봤을 때 후회하지 않기'가 요즘의 목표입니다.

영화 <꽃다발 같은 사랑을 했다>의 주인공 무기(스다 마사키)와 키누(아리무라 카스미)는 막차를 놓친 바람에 우연히 만난다. 첫 차가 다시 운행할 때까지 함께 시간을 보내며 이야기를 나누던 두 사람은 운명이라는 생각이 들 만큼 서로의 취향이 비슷한 것을 알게 되고 이내 사랑에 빠진다. 나와 공통점이 많은 사람에 대한 호기심으로 쉽고 빠르게 시작된 둘의 사랑은 한동안 행복함으로만 채워진다. 그러나 대학 졸업과 동거, 취업을 하는 과정에서 둘의 일상은 변화하고, 일상이 변화함에 따라 각자의 가치관과 꿈도 달라진다. 운명이라고 믿었던 두 사람의 연애도 여느 연애가 그렇듯 편안함과 익숙함의 단계를 지나 갈등을 빚고, 둘은 헤어지는 것으로 5년의 연애를 마무리한다. 키누가 구독하는 블로그에 적혀 있던 '만남은 항상 이별을 내재하고 있고, 연애는 파티처럼 언젠가는 끝난다. 시작이란 건 끝의 시작'이라는 말처럼.

*

그전에도 혼자 살고 싶다는 생각을 종종 했지만, 걔한테 차인 다음 날엔 그 생각을 더 했는데 말 그대로 '엉엉' 울고 싶었기 때문이다. 가족이 있는 집에서는 그렇게 울 수가 없었다. 케이장녀의 자존심이었다. 난 이 집안의 든든한 맏딸인데 그깟 연애가 끝난 걸로 이틀 내내 서럽게 우는 모습을 보이고 싶지 않았다. 그러나 난 그깟 연애가 끝난 일로 몇 날 며칠을 울 수 있는 사람이고, 울면서 감정을 해소해야 하는 사람이었다. 이별 극복을 위해 당장 집을 구해 독립할 수도 없는 노릇이고, 마음 놓고 울기 위해서 친구 집을 찾았다. 설상가상 이별 통보를 받을 당시 나는 술에 취한 상태였다. 그 경험으로 고백할 때만큼 신경 써서 해야 하는 게 이별 통보라는 것도 이때 깨달았다.

친구 앞에서 눈물 콧물 쏟으며 '엉엉' 우는 와중에도 혹시나 걔에게서 연락이 올까 싶어 휴대폰

화면을 틈틈이 봤다. (한 번만 더 만나서 이야기해 보자고 걔한테 연락을 해놓음) 기다리는 연락은 안 오고 나를 위로하려는 다른 친구들의 따뜻한 마음들만 차곡차곡 쌓이던 그때 (차인 것이 서러워 동네방네 '나 차였다'라고 소문을 내놓음) 영화와 책, TV 프로그램 추천 및 평가 서비스인 왓챠피디아의 알림이 떴다. 누군가 내 코멘트에 '좋아요'를 눌렀다는 알림이었다. 기다리던 걔의 연락이 아님에도 지나칠 수가 없었다. 누군가 '좋아요'를 누른 코멘트가 하필이면 걔와 함께 에무시네마에서 본 영화 <꽃다발 같은 사랑을 했다>의 코멘트였기 때문이다. 보고 나서 걔는 그냥 그랬다고 했지만, 난 너무 좋았다고 한 영화. 내가 남긴 코멘트 내용은 '어쩌다 보니 사랑을 시작했고 어쩌다 보니 사랑이 끝났다. 그냥 그렇게 됐다. 차라리 누구 한 명의 탓을 할 수 있으면 좋을 텐데.'였다. 일 년 반 전의 나는 연애를 끝낸 연인을 보고 무덤덤하게 이런 말을 하는 사람이었다. 아, 왜 하필 이 사람은 오늘 이 영화를 보고, 이 코멘트에 '좋아요'를 누른 거지.

비슷한 점이 많다고 생각해 좋아했던 사람에게서 나와 다른 점이 보이기 시작할 때, 그 차이점이 내가 상대방을 좋아할 수 있는 또 다른 이유가 되지 못한다면 결국엔 헤어질 수밖에 없다고 생각하고 남긴 코멘트였다. 현실의 연애는 전래동화 속 연애처럼 '그럼에도 두 사람은 갈등을 극복하고 결혼해서 행복하게 오래오래 살았습니다.'라는 말로 눙칠 수 있는 게 아니니까. 상대에게서 내가 그 사람을 좋아하는 이유를 더 이상 찾을 수 없으면 자연스레 그 관계는 끝나지 않을까. 그런데 연애를 끝낸 지금의 나는 그걸 아는데도 '그냥 이렇게 됐네. 결국 이럴 수밖에 없었어. 이건 누구의 탓도 아니야.'가 안된다.

영화 속 무기와 키누가 서로의 비슷한 취향 때문에 급속도로 사랑에 빠진 것처럼 내가 처음 걔한테 호기심을 갖게 된 것 역시 우리에게 영화라는 공통 분모가 있기 때문이었다.

"저는 영화 보는 걸 좋아해서 혼자서도 영화관에 잘 가요. 영화에 집중하려고 영화관에서는 웬만해서는 뭘 안 먹고요. 영화를 보고 관련 기사나 평론도 찾아서 읽어요.”

“최근 본 영화 중에는 뭐가 제일 좋았어요?”

“노아 바움백 <결혼 이야기>요. 저는 그거 넷플릭스에서 안 보고 씨네큐브 직접 가서 봤는데”

“오! 저 노아 바움백 감독 좋아해요. 저도 그 영화 씨네큐브에서 봤는데. 신기하다! 혹시 왓챠피디아 아이디 있어요?”

“네네 있어요. 팔로우해요!”

나는 영화를 보고 난 후 왓챠피디아에 평점과 코멘트를 기록해 두는 습관이 있었고, 수년째 친구들에게 진심 반 농담 반으로 ‘왓챠피디아 취향매칭률 90% 이상인 사람이랑은 결혼 생각 있음!’이라고 말하고 다니곤 했다. 서로의 아이디를 팔로우하고 확인해 본 개와 나의 취향 매칭률은 꽤 높았고, 이것은 개에 관한 나의 호기심을 호감으로 발전시키는 분명한 계기가 됐다. 우리는 좋아하는 영화에 관해 이야기하고, 각자가 재밌게 읽은 영화 관련 기사나 평론을 공유하면서 친해졌다. 당시 나는 멀티플렉스 극장을 소비하지 않겠다는 혼자만의 도전 같은 걸 하고 있었는데 개는 그걸 알고 리마스터링한 <화양연화>를 서울극장에 가서 같이 보자며 첫 데이트 신청을 했다.

　　연애를 시작하고 우리는 영화관 데이트를 자주 했는데 그러면서 알게 됐다. 걔랑 나는 얼핏 보면 영화 취향이 비슷하지만 사실은 전혀 달랐다. 어떤 영화를 같이 보고 나서 둘 다 '오늘 본 영화 좋았다! 이건 4.5점짜리 영화야!'라고 말했어도 이유가 명확히 달랐기 때문이다. 나는 영화의 짜임새가 좀 부족해도 오늘처럼 좋은 날씨에, 내가 좋아하는 영화관에서, 내가 좋아하는 사람이랑 본 영화니까 더 높은 점수를 줄 수 있는 사람이었고, 걔는 그런 거랑 관계없이 영화 자체의 연출이나 각본, 배우의 연기를 보고 좋은 영화라고 평가하는 사람이었다. 이걸 깨달아서인지 우리는 언제부터인가 영화를 함께 본 후에 영화와 관련한 자신의 감상을 이야기하지 않았다. 밥 먹는 내내, 지하철역으로 걸어가는 내내 영화 관련 이야기를 잔뜩

했던 우리의 모습은 어느새 "영화 재밌네(혹은 재미없네). 이제 뭐 먹으러 갈까."로 변했다. 영화라는 공통 분모만 보고 시작했을 땐 몰랐는데 사실 이것 말고도 우리는 공통점보다 차이점이 더 많은 연인이었다. 요즘 스타일로 간단하게 설명하면 걔는 '야 혹시 너 T야?'의 너를 맡고 있었고, 나는 그 질문을 하는 사람이었다. MBTI 같은 건 유사과학이라고 믿지 않는 사람과 우리가 안 맞는 건 MBTI 가운데가 다르기 때문이라고 생각하는 사람이 만나 하는 연애.

상대의 마음을 함부로 단정할 순 없으나 아마 걔 역시 처음엔 우리가 공통점이 많은 사람이라고 생각해서 내게 호감을 느꼈을 것이다. 시간이 흐르며 우리 사이에 남아있는 공통점엔 서로가 익숙해져서 그 부분은 눈에 잘 띄지 않았을 거고, 걔도 나처럼 우리의 차이점을 점점 인지했을 거다. 우리의 연애는 무기와 키누 연애처럼 자연스럽게 언젠가 끝난 것이다. 우리는 서로의 다른 점보다 서로의 비슷한 점에 끌려서 사랑을 시작한 연인이니까. 우리의 차이점은 서로를 좋아할 수 있는 또 다른 이유가 되지 못했으니까. 1년 반 전 <꽃다발 같은 사랑을 했다>를 보고 나서 내가 생각했던 대로 나와 걔의 헤어짐도 누구의 잘못도 아닌 자연스러운 과정일 수 있는데 지금 나는 왜 걔를 탓하고 싶은 마음이 드는 걸까. 머리로는 이해가 되는데.

그렇게 누군가 누른 '좋아요' 덕분에 1년 반 전 내가 써놓은 코멘트를 한참 보다가 답글을 달았다. '왜 하필 오늘 누군가 이 코멘트에 '좋아요'를 눌렀을까.' '그냥 그렇게 된 걸 알면서도 탓하고 싶다.'라고.

다시 사랑할 수 있을까

 함께 한 영화
500일의 썸머, 마크 웹 감독, 2010

⊗ **석영**

평일에는 출판사에서 책을 팔고 주말에는 저만의 책을 만
듭니다. 좋아하는 것을 놓지 않고 계속하는 사람으로 기억
되고 싶은 작은 바람이 있습니다.

예보에도 없는 비가 쏟아지던 어느 여름밤. 나는 영화 속 주인공이라도 된 양, 빗속을 내달리고 있었다. 소나기라서 잠시만 피해 있어도 그쳤을 텐데, 굳이 굳이 그 빗속을 달렸다. 헤어졌기 때문이다. 한 달이 채 되지 않는 만남이었지만, 아주 오랜만의 연애라 지독하게 아팠다. 온몸이 젖어서 부르르 떨며 집 안에 들어섰다. 주머니에 들어있던 전화기를 꺼냈고 역시나 아무런 알림이 없었다. 그 사람은 날 떠난 게 분명했다.

하루는 친구가 집에 찾아와서는 혀를 끌끌 차며 이런 말을 했다. "어차피 시간이 약이야." 그러는 지도 몇 달 전에 고개를 처박고 아무것도 안 먹었으면서 아무렇지 않은 척 훈수를 둔다. 갑자기 그런 말을 듣는다고 나아질 성싶으냐며 인생을 다 산 사람처럼 소파에 쓰러져 있었다. 친구는 나가는 길에 슬쩍 영화 한 편을 추천했다.

"<500일의 썸머> 알지? 한 번 봐봐. 지금 너한테 딱이다."

친구가 말해주기 전에도 익히 들었던 영화지만 관심이 생기지 않았고, 다시 들어도 마찬가지였다. 하지만 며칠 동안 이별을 뒤적거리던 나는 결국 속는 셈 치고 처음부터 삐딱한 자세로 영화를 보기 시작했다.

"이 영화가 나한테 딱 맞는다고? 웃기고 있네."

그렇게 본 <500일의 썸머>의 소감은 글쎄올시다. 감독이 말하고자 하는 바는 알겠으나, 그다지 와닿지 않았다. 왜냐하면 나는 당시 겨우 30일도 채 만나지 못했기 때문이다. 톰과 썸머처럼 지지고 볶고 관계를 정의하고 이어가느냐 마느냐 논쟁을 벌일 만한 시간도 없었다. 오히려 영화 주인공이 어찌 되었든 오랜 시간을 볼 수 있었다는 것 자체가 부러울 따름이었다. 더 솔직하게는 이런 생각을 했다.

'나라면 톰처럼 썸머를 놓치지 않을 거야.'

당신이 <500일의 썸머>를 '제대로' 본 사람이라면, 내 미래를 점칠 수도 있겠다. 그게 어디쉬운 일인 줄 아느냐고 말이다. 맞다. 아주 제대로 고꾸라지고 엎어지고 뒤집어지면서 몇 번의 연애를 거쳤다. 50일이고 500일이고 별별 사람과 만나고 헤어지기를 반복했다. 그러다가 5년 넘게 한 사람만을 만났다. 이번에야말로 사랑을 쟁취할 수 있으리라 믿어 의심치 않았다.

하지만 우리의 관계는 조금씩 금이 갔다. '결혼'이라는 선택지 앞에서 연애의 성격은 하루아침에 바뀌어버렸다. 눈에 보이지 않는 불안을 상대로 끝나지 않을 것 같은 싸움을 했다. 끝없는 가정과 불신 속에서 미래를 증명해야 했고, 안달 날수록 마음은 점점 바닥이 드러났다. 버티고 또 버티다가 끝내 부러지고 마는 연필처럼 5년이라는 시간은 한 번에 툭, 소리를 내며 부러졌다.

아이러니하게도 다시 여름이었다. 비가 무진장 내렸지만, 이번에는 빗속을 달리진 않았다. 그

럴만한 기운이 나질 않았다. 무엇보다도 짧은 순간에 단순한 행동으로 이 슬픔을 덜어낼 수 없었다. 흐르는 마음을 닦아내기에도 바빴다. 슬픔은 때와 장소를 가리지 않았다. 집에서도 출근길에서도 사무실에서도 울컥 마음이 쏟아져 내렸다. 아무도 없는 곳으로 가 소리 없이 울다가 다시 일상으로 돌아가야 했다. 그렇게 며칠을 흘려보내니 가슴 깊숙이 자리하고 있는 구멍이 드러났다. 다시 그 구멍을 채울 자신이 생기지 않았다.

다시 <500일의 썸머>를 봤다. 이번에도 역시 큰 기대를 하지는 않았다. 처음 봤을 때와 반대로 이제는 '500일'이라는 시간이 꽤 귀엽게 느껴졌기 때문이다. 2년도 채 되지 않는 시간을 보내며 희로애락을 느끼는 톰을 보고 짠한 마음으로 웃다가, 몇몇 장면에서는 화면이 멈춘 것만 같았다. 너무 내 이야기 같아서 가슴이 콕콕 쑤셔왔다. 톰과 썸머는 처음부터 '관계'를 다르게 받아들이고 있었다. 자기 뜻대로 상대를 규정하려 했고, 두 사람 모두 실패하고 말았다. 다시 보니 이 영

혼자 남은 마음에게

화는 사랑 이야기가 아니었다. (심지어 영화를 시작할 무렵, '이 이야기는 사랑 이야기가 아니다.'라는 내레이션이 나왔다.)

우리는 어느 순간 서로가 바라는 삶의 방향이 다르다는 걸 알았다. 단순하게 지금의 환경뿐만 아니라, 앞으로 어떻게 살아가고 싶은지 생각해 봤을 때, 우리의 마음은 두 갈래로 나뉘었다. 그 순간부터 우리는 사랑이 아니었을지도 모르겠다. 톰과 썸머처럼 우리 역시 자신이 생각하는 '관계'를 내 마음에 맞게 규정했던 건 아닐까. 맞추고 배려하고 아끼는 마음이 옅어지면서 어쩌면 우리는 그렇게 헤어지고 있었는지도 모르겠다.

완전히 혼자가 되었다. 그 사람 곁에 누가 있는지 알 수도 없을 만큼 단절된 채로 하루하루를 살았다. 전에는 할 수 없었던, 아니 하지 않았던 일들을 하나씩 했다. 해보고 싶은 것을 하고, 가보고 싶었던 곳들을 차례차례 찾았다. 좋은 것만 보이면 함께하려 아껴두고 남겨두는 습관이 있었던 탓에 한동안은 빈틈 없이 바쁘게 지냈다. 슬픈 마음이 쉬이 사라지지는 않았지만, 가슴 한구석이 시원해지는 기분이 들었다.

여느 연애보다 빠르게 주변 사람들과 이별을 나눴다. 이별을 온 마음으로 받아들이고 싶어서. 좋아했던 만큼 아팠으니, 아파했던 만큼 잘 잊고 싶었다. 5년의 썸머도 결국에는 지나갈 테니까. 50일의 썸머도, 500일의 썸머도 아니, 5,000일의 썸머도 떠나보내면 끝나는 거니까. 그렇게 마음을 먹고 하나 더 목표를 세웠다. 다시 마음에 드는 누군가를 만나면, 처음 사랑에 빠진 것처럼 사랑할 거라고. 한 번도 상처받지 않은 것처럼 마음을 다해 사랑할 거라고.

—

얘기하고 싶어. 하지 않았지만.

🎧 함께 한 음악
미로, 전기뱀장어, 2016

👤 **여림**

나와 남을 잔인하게 미워했음에도 타인에게 발견되어 사
랑받았다. 사랑 없는 한심한 자신에게 좌절했지만, 사랑하
고 싶은 마음을 포기하지 않았다. 상처받을 것도 기꺼이
감수하는 여린 마음으로 사랑하고 싶다. 고통 곁에서 함께
우는 사랑을 기도한다. <여리게 단단하게>를 썼다.

@i_yeolim

#스물둘

자신이 무너지는 줄도 모르고 누구를 좋아하던 시절이 끝났다. 끝났는데 이름과 얼굴을 지우지 못하는 자신이 불만족스러웠다. '정상이 아니야.' 원치 않는 데도 자꾸만 떠오르는 것. 강박에 가까운 마음은 아직 식지 않은 애정이 아니라 미련이었다. 처음 만났을 땐 좋아한다는 감정이 낯설어 어찌할 바 몰라 따끔따끔 속이 데이곤 했다. 숨기지 못하고 겉으로 새어 나오는 마음이 못나 보일까 봐 괜히 포장해 보았지만, 오히려 자신을 더 한심한 사람으로 보이게 했을지도 모른다. 그런 서투름이 이제서야 부끄러워져서 짜증이 난 것 같았다.

다시 생각해 보니 강박에 가까운 그 마음은 미련도 아니었다. 관계가 끝난다는 것은 같이 찍은 사진에 포토샵으로 사람만 지워내는 깔끔한 디지털 작업이 아니었다. 가위로 사진을 통째로 오려내는 것에 가까웠다. 시절을 오려내고 남은 기억이나 감정 쪼가리는 원래 무엇이었는지 알아보기 어려운 형태로 너덜너덜하게 쓰레기통에 버려지는 것이다. 끊어진 관계보다도 시절을 통째로 버렸다는 것이 씁쓸하고 허했다. 인생에 페인트 통을 통째로 엎어버린 느낌이었다. 행복한 순간은 슬픔에 엉겨 붙었다. 찐득한 포장 테이프에 둘둘 감겨서 행복만 떼어낼 수 없는, 버릴 수밖에 없는 쓰레기 같았다.

진작에, 한참 전에 끝났어야 했다. 미련하게도 어물쩍 끝을 맺지 못하고 자꾸만 뒤로 미룬 탓이다. 언제나 내가 미안하다고 달래면서 솔직하게 말하지 못했다. 마음속으로만 중얼거렸다. '너만 힘든 게 아니라 나도 힘들었다고, 네가 혼자일 때 나도 많이 외로웠다고.' 내가 곁에서 늘 들어주었으니 그래도 언젠가는 내가 말할 때 귀를 열어줄 거라고 기대하고 있었다. 나는 자주 하고픈 말을 참았고, 체념했고, 혼자 기다렸다. 끝을 선언하고 싶은 충동이 들어도 우유부단하게 말은 못 하고 어색하게 웃어 보였다. 나만 놓으면 끝난다는 것을 알면서도 상대에게 매달려 있는 비참한 기분은 관계가 끝나고 나서도 계속됐다. 감정을 다 태우고도 많이 좋아했다거나 충분히 표현했다는 생각은 들지 않았다. 나를 많이 잃어버렸다는 생각만 들었다.

이렇게 쉽게 돌아서긴 싫다며 자꾸만 무얼 해보았지만 좁혀지지 않는 마음의 간극만을 확인했다. 그리고 집에 돌아가는 길마다 눈물을 떨구었다. 나는 정말이지 혼자 집에 돌아가고 싶지 않았다. 네 외로움으로부터 멀어질 때마다 나는 더 많이 외로웠다. 관계가 끝장나고 다시는 그 외로움에 접근할 수 없어서, 그래서 더 많이 외로워지는 자신이 안타까워서 노래를 들었다.

솔직하게 얘길 하고 싶어. 나도 많이 힘들었다고.

#스물넷

　그는 삐친 애인을 달래고 있었다. 그녀가 집에 가겠다고 선언하자 그는 미안하다고 빌면서 같이 전철에 올라타 그녀에게서 거리를 두고 눈치를 봤다. 이미 그녀는 이어폰을 꽂고 핸드폰만 본 채 남자 쪽으로는 시선 한 번 주지 않았다. 전철은 그의 집과는 반대 방향으로 달렸다. 그는 집까지 그녀를 따라갔지만, 그녀는 그를 흘겨보며 눈으로 욕했다. 그러게, 따라오지 말라는데 굳이 왜 따라갔냐고 그에게 묻는다고 해도 그의 입장에서는 안 따라갈 수 없는 노릇이었다. 어떻게 진짜 안 따라가냐고, 그러면 헤어지는 거 아니냐고.

　그는 언제쯤 어떤 내용으로 그녀에게 연락해야 할지 머리를 싸매고 다시 집으로 향했다. 서투른 인간. 그는 요령이 없었다. 그녀가 왜 이러는지 도통 이해할 수 없었고 자기도 짜증 나고 화나는데 본인 감정만 앞세우는 그녀 때문에 속상했다. 그럼에도 그는 그런 마음을 애써 억누르고 다른 말을 적기 시작했다. 얼마나 그가 그녀를 바라왔

　혼자 남은 마음에게

는지, 고백할 때의 그 첫 마음이 얼마나 설렜는지, 그녀의 환한 미소가 얼마나 보고 싶은지, 혼자 집으로 돌아가는 길이 얼마나 외로운지에 대해서.

그녀는 심술이 나서 친구들에게 그의 무심함과 센스 없음을 토로했다. 헤어져, 왜 그렇게 스트레스를 받아. 나 같으면 헤어졌다. 헤어질 정도는 아니라고 그녀는 생각했지만, 한편으로는 이별을 생각했다. 이 정도 사귀었으면 끝날 때도 되었나 싶은 것이다. 그건 단순히 센스의 문제가 아니라 정성의 문제라고, 이렇게 오래 만났는데 아직도 변한 게 없으면 마음이 없는 게 아니냐는 게 그녀 친구들의 공통된 의견이었다. 그녀는 정말 그가 자신을 사랑하는지 확인하고 싶어졌다. 실은 그를 향한 자신의 사랑이 의심받았기 때문이었지만 그녀는 자각하지 못했다. 사람들이 가볍게 던지는 참견이 실은 그들의 관계를 멀게 만들 수도 있다는 것을 그녀는 눈치채지 못했다.

#스물다섯

나도 마찬가지였구나. 내가 누군가를 외롭게 했다는 사실에 놀랐다. 자신이 무너지는 줄도 모르고, 새어 나오는 마음을 컨트롤하지 못해서 자꾸만 어그러지는 표정과 어색해지는 행동, 서투름이 눈앞에 있었다. 언어가 되지 못하고 바스러지는 말소리, 말할수록 더 꼬이는 말과, 수건 짜듯 쪼여가는 저 표정, 눈물만 없지 우는 것이나 마찬가지인 얼굴, 지금 보는 이 모습은 본 적 없지만 낯설지 않았다. 그 아픔과 외로움을 이해하면서도 달래주고 싶다는 생각은 들지 않았다.

외면하고 떠나는 사람의 마음을 이해하게 되는 경험은 생각보다 착잡했다. 눈앞의 사람에게 미안해서가 아니라 과거의 자신을 현재의 내가 바라보며 안타까워했기 때문이었다. 나를 떠났던 사람을 한참 후에 이해하게 되는 것은 이상한 기분이었다. 좋아해 준다니, 고마웠겠지, 고마우면서도 좋아할 수는 없었겠지. 자기 마음인데도 마음대로 좋아할 수 없는 게 이상하지. 연애라니, 적당히 봐줄 만하게 잘생기고 예쁜 서로가 만나 애정을 봉급으로 연극을 하자는 계약 같은 게 아닐까. 좋아하는 마음 없이도 자기를 떼어주면서 사랑하는 연기를 하고, 정해진 시나리오를 따르면서 서로의 외로움을 파먹으며 시절을 달래는 게 아닐까.

미안해, 나도 그게 어떤 마음인지 알아, 이해한다고 말하면 기만이겠지, 어떤 마음은 간절하다가도 이렇게 원래 없었던 것처럼 사라지기도 한다는 걸 어떻게 설명해야 할까, 언젠가 너도 알게 되겠지, 아니 차라리 몰랐으면 좋겠다, 하는 말들은 다 삼키고 말없이 자리를 떴다. 밖에서 노래가 들려왔다.

솔직하게 얘길 하고 싶어 나도 많이 힘들었다고.

―

남아버린 마음은
새순이 되는 것일지도 몰라

함께 한 영화

비포 미드나잇, 리처드 링클레이터 감독, 2013, 외

 포노포노

<단단하지만 뾰족하지 않은 마음>을 쓰고 펴냈습니다. 일상의 작고 소중한 순간을 놓치지 않고 싶어 <소복한 햇살>을 만들었습니다. 몸을 통해 마음을 배우고, 마음을 비춰내는 몸을 움직이며 나아갑니다. 이제는 <단단하면서도 유연하게>라는 제목으로 책을 만들어보려 합니다. 어떤 프레임에도 갇히지 않고 글을 쓰고 싶을 때 포노포노가 됩니다.

한때는 한없이 나의 울타리가 되어준 너와 헤어지는구나. 그 시절은 정말 끝난 걸까? 내가 시들해진 걸까, 네가 시들해진 걸까. 사실 내 마음은 여전한데. 나는 왜 항상 마음이 남을까, 다 쓰고 없어지면 편할 텐데. 답이 없는 질문들이 아픈 마음을 덧나게 해.

　결핍이 없는 깨끗하고 맑은 마음을 어떻게든 가지고 싶다고 생각했던 내가, 너를 통해 결핍이 있지만 이겨내려고 무던히도 노력한 사람이 훨씬 더 아름다울 수도 있겠다고 생각했어. 네가 나처럼 -100에서 시작해서 겨우 0이 되었다고 생각하며 힘들어한다면 어떨까. 왜 그만큼 밖에 하지 못했냐고 탓할 수 있을까, 나한테 하듯이 말야. 그렇게 생각하니 내가 너무 애잔하고 기특하고 사랑스러워졌어. 네가 어디서 시작했든 100을 해낸 거고, 그건 너무 대단하고 기특한 일이라는 마음을 진심으로 너에게 가지게 되니까, 나에게도 똑같은 마음을 가질 수 있게 되었어. 거기까지였던 걸까, 너와 내가 서로 나눌 수 있었던 것은.

나에게 더 이상 관심과 사랑을 주지 않는, 아니 아예 외면해 버리고 마는 그 모습이 밉고 서운해. 나의 구석구석 관심을 보내주는 과거의 너를 잡고 싶었나 봐. 네가 미묘하게 나를 밀어내고 있다는 걸 느끼면서 차라리 마음껏 미워할까, 속 편히 욕이라도 하고 다닐까 하다가도 너를 미워하는 게 더 아프고 힘들어서 그만두길 몇 번. 너도 너에게 필요한 선택을 한 거겠지. 우리는 아마도 여전히 어느 부분에서는 누구보다도 서로를 이해하고 좋아하지만, 그래서 더 서운하고, 미워하지 않을 수도 없나 봐.

*

누군가의 사랑과 관심으로 따뜻하게 감싸져 있던 마음이 혼자가 되어버리면, 전에는 혼자서도 잘 버텨냈던 차가움이 훨씬 시리게 느껴진다. 컴

컴한 영화관에 앉아 한두 시간 정도, 어떤 서사에 마음을 빼앗기면 그 순간에는 아픔이 잠깐 멀어지는 것 같다. 고작 그 찰나를 덜 아파보려고 정신을 팔 것이 없나 두리번거린다. 사랑을 그린 영화 중에 내가 가장 좋아하는 영화는 <비포 미드나잇>이다. 비포 시리즈 중에 가장 예쁘지 않은 이야기일지도 모르지만 나는 <비포 선라이즈>와 <비포 선셋>의 아름답고 예쁜 사랑 이야기 보다 이 마지막 편이 가장 좋다. 동화 같은 사랑 이야기가 아니라 현실에 발을 제대로 붙인 이야기 같다. 사랑해도 지질하고, 사랑해도 옹졸하고, 사랑해도 여전히 갈등하고, 아직도 해결하지 못한 평행선을 달리는 것 같을 때도 있지만 그럼에도 포기하지 않고 함께 하는 사랑. 나는 아이러니하게 두 주인공이 싸우면서 감정이 상해 계속 엇나가고, 언성을 높이며 싸우는 장면을 좋아한다.

　　"넌 완전 돌았어, 진짜야. 네 지랄병 6개월 이상 참아줄 사람 찾아보셔. 하지만 난 널 그대로 받아줬어. 싸이코이자 똑순이!"

영화의 마지막 장면에서 두 주인공은 전쟁 같은 말다툼 후에 밤하늘 아래 카페에서 별거 아닌 사과를 한다. '내가 어떠어떠한 것을 어떻게 잘못했고, 앞으로는 이렇게 해결해 보자.'라는 표준전과에 나올 것 같은 사과도 아니다. 그저 한발 다가가고, 또 한발 물러서는 것. 조금 용기 내고 못내 져주는 것. 그 조금이 매번 어렵다. 날 선 단어들을 한 움큼 내던지고서, 먼저 손을 내밀고, 실없는 장난을 치며, 어쩔 수 없다는 듯 져주는 마지막 장면까지 보면 마음이 저리다. 계속 함께 할 수 없었던 관계들이 생각나서일까.

그러다 '아니, 사실 사랑은 그렇게 대단한 것도 아니야!'라며 비틀어진 마음이 올라올 때는 <우리도 사랑일까>와 <블루 발렌타인>을 본다. '지금 설레고 눈부신 사랑도 시간이 지나면 다 빛바래. 처음에는 새것이었던 것도 결국 헌 것이 되고, 설레고 빛났던 것도 다 무색해져. 죽고 못 사는 사

혼자 남은 마음에게

랑도, 어쩌면 각자의 결핍과 착각이 잘 맞아떨어져 만들어진 것뿐이야.' 사실은 그거 다 별거 아니고, 너는 원래 나쁜 사람이었다는 걸로 속 편히 치부해 버리고 싶은 마음.

　그렇게 삐죽한 마음을 먹어놓고선 결국 <이터널 선샤인>의 괜찮다는, 괜찮다고 계속 대답하는 마지막 장면을 보면서 울어버리고 만다. 수없는 방어기제로 덮여 얼룩진 마음의 가장 안쪽에는 그럼에도, 그 모든 걸 알면서도, 다시 시도해 보려는 장면이 있다.

　실패하지 않은 것이 아니다. 상처받지 않은 것도 아니고, 한 번도 시들지 않은 것도 아니다. 그럼에도 불구하고 또 새로운 싹을 틔우니까 계속되고 나아간다. 한창 예쁜 꽃도 좋지만 시들고 다시 새순을 피우는 식물이 좋다. 또 시들고 또 떨어져도 또다시 새순을 피우고 또 피우고. 그 새순들은 아마도 나를 좀 더 많이 알고 있을 것이다. 내 마음에 조금 더 가까운 새싹들. 언젠가 엄마가 봄이 되어도 새순이 나지 않는 화분들에 1년은 물을 주며 기다려 준다는 얘기를 한 적이 있다. 그러면 1년 내내 잠자던 화분들이 이듬해 봄에 신기하게도 다시 꽃을 피운단다. 나의 어떤 상처도, 나의 어떤 이별도, 지금 당장 괜찮아지라고 얼른 회복하라고 재촉하지 않고, 그냥 기다려 줘야겠다. 얼마든지 기다려 줘야겠다. 새순을 피울 때가 있을 테니까.

봄이 오면 매년 똑같은 벚꽃이 흩날린다. 벚꽃이 폈을 때 콧노랠 흥얼거리는 출근길이라니. 벚꽃을 보겠다고 길을 돌아가다가 전철을 놓쳐도 웃을 수 있는 게 봄인가 싶다. 매년 똑같은 벚꽃을 보면서 나는 또 좋아한다. 꽃잎 하나하나의 생김새와 흐드러짐, 어떻게 떨어질지까지도 뻔히 아는데도. 또 이쁘고 좋은 건 어쩔 수 없다. 어쩔 수 없이 좋다. 세상이 꽃이 있어서 참 다행이라는 생각이 든다.

금세 져버리는 벚꽃을 보며 아무도 '꽃이 나를 배신했어!'라고 하지는 않는다. 흐드러지게 핀 꽃이 아무리 예뻐도 꽃이 져야 열매를 맺고 또 그

다음 꽃을 준비할 수 있을 테니까. 나도 누군가와 만나서 한때 꽃을 피웠던 순간이 있다. 그리고 그 시절이 지나면 저물어야 하는 꽃도 있다. 그 꽃을 계속 피어있게 하려면 얼마나 자연스럽지 않고 억지스러운 노력이 필요할까. 그랬다면 내 마음이 과부하 되어 죽지 않았을까 싶다. 꽃이 피었다가 지고, 잎이 무성할 때도, 열매가 생길 때도 있고, 가지가 앙상하게 모든 잎이 다 떨어질 때도 있지만 또 언젠가 꽃이 피는 때가 다시 오리라는 걸 믿고, 그 과정을 함께 걸어갈 수 있는 사람을 만나야 하는 거겠지, 어렴풋이 깨닫는다.

그렇다고 해도, 아무리 해도 담담할 수는 없을 것 같다. 나는 꽃이 질 때마다 매번 조금씩 아쉽고 야속하고 슬플 거 같다. 그래도 이제는 슬픔에 함몰되지 않을 수 있다. 이제 울어도 괜찮다. 내가 우는 것도, 다른 사람이 우는 것도. 펑펑 울더라도 일어서서 나아갈 수 있음을 안다. 꼭 그 자리에 파묻혀 버리는 결말만 있는 것이 아니라는 것도. 모든 고통이 그렇다고 자신 있게 얘기할 정도는 아니지만 어느 부분에서는 그렇다. 실패한 적이 없는 것이 아니라 새순을 계속 틔워내는 과정이라는 걸, 남아 있는 마음은 아프지만 그건 새순이 되는 것일지도 모른다. 상처가 끝이 아니라 그다음 장면을 그릴 수 있다는 것을 믿는다. 그렇게 가까워질 것을 안다. 수없는 상처와 방어기제와 결핍과 저항으로 덮여있는, 그 가장 안쪽에 있을 투명한 내 마음을 향해서. 나는 그게 뭔지 끝끝내 보고 싶어, 새순을 한 번 더 틔워볼 거야.

혼자 남은 마음에게

이 책에 등장하는
책과 음악 그리고 영화

슬픔을 아는 사람, 유진목, 2023

사랑의 변주곡, 김수영, 1988

자기 앞의 생, 에밀 아자르, 1975

누구도 기억하지 않는 역에서, 허수경, 2016

여름의 사실, 전욱진, 2022

Track 8, 이소라, 2008

서른즈음에, 김광석, 1994

그럴 때가 있지, 사뮈, 2020

가장 보통의 존재, 언니네 이발관, 2008

무지개다리, 안녕바다, 2018

내 고향 서울엔, 검정치마, 2017

내 곁에서 떠나가지 말아요, 빛과 소금, 1991

미로, 전기뱀장어, 2016

카페 리뷰에르, 허우 샤오시엔, 2005

멜랑꼴리아, 라스 폰 트리에, 2011

나는 사랑과 시간과 죽음을 만났다, 데이빗 플랭크, 2016

로스트 인 파리, 도미니크 아벨, 피오나 고든, 2017

꽃다발 같은 사랑을 했다, 도이 노부히로, 2021

500일의 썸머, 마크 웹, 2010

비포 미드나잇, 리처드 링클레이터, 2013

혼자 남은 마음에게

글

고은지, 곽다영, 김현경, 땡요일, 박상희, 박수진, 보미, 석영, 송재은, 슭,
여림, 오종길, 우엉, 윤신, 이건해, 이도형, 이성혁, 이시랑, 포노포노, 희 (熙)

초판 1쇄 펴냄 2023년 8월 28일

기획 김현경, 송재은
편집 송재은
디자인 김현경
캘리그래피 송재은

펴낸곳 warm gray and blue
이메일 warmgrayandblue@gmail.com
인스타그램 @warmgrayandblue
출판 등록 2017년 9월 25일 제 2017-000036호

ISBN 979-11-91514-24-7(03810)